열네 살, 비밀과 거짓말

# 열네 살,
# 비밀과 거짓말

김진영 지음

# 차례

매장 안은 환하다. 눈이 부실 정도로 환한 전등들이 필요 이상으로 천장에 달려 있다.

아까부터 저 언니가 나를 쳐다본다. 내가 자꾸 쳐다보니까 언니도 날 쳐다본다. 언니는 매장 안을 다 내려다볼 수 있는 높은 곳에 올라서 있다. 뚱뚱한 언니가 올라서 있는 의자가 위태로워 보인다. 매장 안에 사람이 많다. 나는 게임 시디가 진열된 곳으로 서서히 걸음을 옮긴다. 보이지는 않지만 언니의 시선이 나를 따라오고 있을 것이다.

"저기, 여기 리듬 악기는 어디에 있어요?"

한 아줌마가 언니에게 묻는다. 언니가 리듬 악기를 찾아 주려고 의자에서 내려온다.

'그래, 바로 지금이야.'

나는 얼른 주위를 한 번 더 살핀다. 그리고 옆으로 맨 가방의 주머니에 미끄러뜨리듯 시디를 넣는다. 그런 다음 조용히 매장 안을 나와 입구로 걸어간다.

'제발, 걸리지 않기를.'

삐이익 삐이익.

정말 듣기 싫은 소리다. 사람들이 일제히 나를 본다. 나를 보고 있는 사람들의 눈이 엄청 많다. 나한테는 그 사람들의 눈동자만 보인다. 소리가 계속 나는데도 나는 그 자리에 서 있다. 한 발짝도 움직일 수가 없다. 얼굴이 벌겋게 된다. 내가 마치 소리에 반응해 얼굴이 발갛게 되는 기계가 된 것 같다. 유니폼을 입은 직원 언니가 애써 아무 일도 아니라는 표정을 지으며 나에게 다가온다.

"이리 따라와."

'오늘 재수 정말 없다.'

내 옷자락을 붙잡고 가던 언니가 손을 놓고 앞서 걸어간다. 순간, 도망을 칠까? 하고 생각해 본다. 지금 이 순간이 꿈이면 좋겠다.

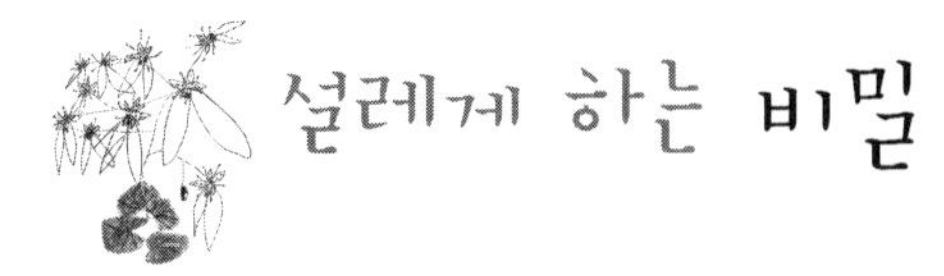

# 설레게 하는 비밀

일요일 아침, 잠에서 깨어 보니 아빠는 벌써 아침밥을 먹고 텔레비전을 보고 있다. 주방 싱크대 밑에 엄마가 차려 놓은 상에서 대충 아침을 먹으면서 나는 달력을 본다. 엄마는 한 달에 두 번 쉬는데 오늘이 쉬는 일요일이다. 아마도 엄마는 교회에 간 것 같다.

엄마는 쉬는 날 항상 교회에 간다. 엄마는 내가 모르고 있는 줄 알겠지만 난 그 아이 때문이라는 걸 알고 있다. 전에 엄마가 나에게도 교회에 같이 가자는 말을 했지만 난 싫다. 성민이와 함께 가는 건 몰라도 엄마와 가는 건 싫다.

순간 방에 있는 휴대전화가 울린다. 급하게 일어나다가 발이 상에 걸린다. 상이 끌리는 소리가 들리자 아빠가 빼끔 내다본다. 난 아빠를 일부러 쳐다보지 않고 얼른 수신자 번호를 확인한다. 휴대전화에는 '김성민'이라는 글자가 찍혀 있다. 그제야 성민이와 약속했던 게 생각난다.

"여보세요?"

"너 뭐야? 어떻게 된 거야?"

"미안, 늦잠 잤어."

"헐! 그럼 아직도 집에 있다는 거야?"

"미안해."

"됐어. 전화 끊어."

성민이가 화가 많이 났다. 왜 생각을 못했던 걸까? 성민이가 오늘 도서관에서 함께 책을 보자고 했다. 그런데 그 일을 까맣게 잊고 있었다. 성민이와의 데이트는 물 건너갔다.

성민이와 나는 지금 아무도 모르게 사귄다. 우리 반에서 나와 성민이가 사귀는 것을 아는 아이는 없다. 우리는 이 비밀이 새어 나가지 않게 하려고 애를 쓴다. 그래서 보통 아이들처럼 평일에 같이 하교를 하거나 햄버거를 먹으러 가는 일은 할 수 없다. 우리는 주말에 만난다.

어쨌든 지금은 우선 성민이의 화를 풀어 주어야 할 것 같다. 빠른 손놀림으로 문자를 친다. 최대한 아무렇지도 않은 척하면서.

미안, 지대 미안
^^;; 지금이라도
가믄 안 될까? 연
락 주3!!

난 휴대전화에서 눈을 떼지 못하고 성민이의 답을 기다리고 있다. 성민이의 문자 보내는 속도를 알고 있는데 휴대전화는 내 속이 타는 걸 모르는지 아무 반응이 없다.

'책 보느라고 문자를 못 봤나?'

상을 치우려고 방에서 나온다. 그리고 싱크대에 휴대전화를 올려놓는다. 그때 문자 알림 소리가 난다.

당빠 지금 도서관
으로 빨랑 와!

며칠 전 다이어리에 메모를 해 둔 것이 생각난다. 아무한테도 말할 수는 없지만 내가 성민이와 사귀게 되면서 느끼는 감정을 남겨 두고 싶었다.

성민이가 내 남친일 수밖에 없는 이유

첫째, 찌질하지 않다.

둘째, 뽀대 나게 옷을 잘 입는다.

요즘 우리 또래 남자아이들은 만나기만 하면 야한 이야기를 하면서 시시덕거린다. 가끔 보면 그 아이들 머릿속이 온통 그런 생각들로만 가득 차 있는 것 같다. 또 사람은 어느 정도 외모를 가꿀 줄 알아야 한다. 몸매 관리도 중요하지만 무엇보다 옷이 얼마든지 사람을 돋보이게 할 수 있기 때문이다. 내가 유난히 옷차림에 관심이 많은 것도, 앞으로 내 꿈이 패션과 관계가 깊은 것도 다 그런 이유에서다. 성민이와 우리 또래 남자아이들을 비교해 볼 때마다 난 어떻게 같은 중학생인데 이렇게 차이가 나는지 의아하기만 하다. 이렇듯 완벽에 가까운 성민이를 내가 어떻게 안 좋아할 수 있단 말인가?

하지만 나는 성민이와 희선이가 사귀고 있다는 것을 알고 있다. 언제부터인가 아이들 사이에서는 사귄 지 이십이 일이 되는 날을 기념일로 챙긴다. 이날을 우리는 '투투'라고 부르는데 친구들이 기념으로 이천이백 원을 준다. 성민이와 희선이도 반강제로 이천이백 원을 반 아이들에게 선물 받았다. 그런데 어느 때부터인지 둘 사이가 별로 좋아 보이지 않았다. 이 사실을 나뿐 아니라 우리 반 아이들이 죄다 알고 있다. 그래서 지금이 중요하다. 어쨌든 오늘 같은 주말은 나와 성민이가 만날 수 있으니까. 어쩌면 주말이 아닌 날에도 성민이를 만날 수 있게 될지 모른다.

그날을 생각하며 나는 스키니 청바지에 가장 아끼는 체크무늬 재킷을 입는다. 패션 리더의 여자 친구라면 이 정도는 되어야 한다. 굽이 있는 구두를 신고 나갈까 하다가 너무 멋을 부린 것 같아 마음에는 안 들지만 운동화를 신는다.

'운동화, 완전 쩐다.'

이럴 줄 알았으면 어제라도 운동화를 빨 걸 잘못한 것 같다. 아빠에게 도서관에 다녀오겠다는 말을 하고 부리나케 집에서 나온다.

일요일 오전은 아무래도 평일보다는 지나다니는 사람이 적다. 옷차림 하나는 자신 있는 나지만 성민이를 만나러 가는 길이어서인지 가는 동안 세워져 있는 차에 여러 번 내 모습을 비춰 본다. 앞머리를 한 번 더 만져 보고 도서관을 향해 걷다가 뛰다가 한다. 빨리 안 가면 성민이가 가 버려 놓칠 것만 같다.

놓치지 않고 잡으려면 그렇게 할 수밖에 없었다. 어떻게든 성민이의 마음을 잡기 위해서는 내가 마음이 통하는 친구라는 것을 알려 주어야만 했다. 그래서 그날부터 열네 살, 비밀이 만들어지기 시작했다.

• • •

그날, 점심을 먹고 쉬는 시간에 아이들은 자기가 좋아하는 가수에 대해 이야기를 나누고 있었다. 처음은 윤수랑 정은이로 시작했지만 금세 자기가 좋아하는 가수가 더 멋지고 잘났다고 서로 열을 내고 있었다. 그때 성민이와 희선이가 대화에 끼어들었다. 나는 아이들한테 끼지 않고 내 자리에 앉아 아이들이 하는 말을 듣고만 있었다.

"성민아, 넌 가수 누구 좋아해?"

"음, 뭐니 뭐니 해도 에픽하이 아니겠어?"

"그래? 난 슈주가 젤 좋은데……."

나도 모르게 귀가 번쩍 뜨이는 느낌이 들었다.

'나랑 성민이가 좋아하는 가수가 똑같잖아. 그럼 성민이도 날마다 에픽하이의 노래를 들을까?'

"에픽하이 노래를 들으면 하루 종일 쌓인 스트레스가 풀린다니까."

"그래도 난 힙합보단 댄스가 좋은데."

"에픽하이 랩 들어 봤어? 들으면 열라 시원해."

나는 성민이가 달리 보여 고개를 돌렸다. 성민이는 그대로 있는데 이야기를 하던 희선이가 무슨 일이 있느냐는 표정으로 날 쳐다보았다.

그때부터 나는 성민이가 좋아지기 시작했다. 마음이 통한다는 게 바로 이런 거구나 생각하게 됐다. 나는 어떻게든 성민이와 조금 더 가까워지고 싶었다. 그런 나에게 기회가 왔다.

어느 일요일, 나는 엄마를 찾으러 엄마가 다니는 교회에 갔다. 확 트인 입구에서부터 건물까지 가는 길에는 큰 나뭇가지들이 인사라도 하는 듯 바람에 나부끼고 있고 잎은 손차양을 해 주듯 그늘을 드리우고 있었다. 길을 따라 쭉 펼쳐진 화단에는 나 좀 한번 봐 주세요 하며 많은 꽃이 피어 있었다. 좀 힘들다 싶을 정도로 많은 계단을 올라가니 안을 훤히 들여다볼 수 있는 문이 있었다.

예배는 벌써 끝난 것 같은데 엄마는 좀처럼 나오지 않았다. 그렇다고 예배당 안으로 들어갈 수는 없었다.

바깥 복도에서 기다리다가 화장실에 갔다. 안에는 세 개의 문이 나란히 있었는데, 첫 번째 문에는 '고장'이라는 글자가 써 있는 종이가 붙어 있고 두 번째 칸 안에는 사람이 있었다. 어쩔 수 없이 세 번째 칸으로 들어갔다.

'어, 이게 뭐지?'

변기 옆 선반에 새로 나온 에픽하이 앨범이 놓여 있었다. 앨범은 비닐도 벗기지 않은 새것이었다. 순간 성민이가 생각났다. 어떤 생각도 할 겨를 없이 얼른 앨범을 가방에 넣었다.

손이 떨렸다. 문을 열고 나가기도 힘들었다. 부리나케 화장실을 빠져나왔다.

낙서가 잔뜩 있는 화장실 벽을 지날 때 어떤 언니가 나를 스쳐 화장실 안으로 정신없이 들어갔다. 방금 들어간 언니를 기다리는지 다른 언니 둘도 벽 앞에 서 있었다.

"어, 하리야!"

엄마가 예배를 마치고 나오다가 나를 불렀다. 웬일인지 엄마가 반가웠다.

"아빠가 엄마 찾아. 급한 일인지 전화도 엄청 많이 했어. 그런데 엄만 왜 전화 안 받은 거야? 차라리 나보고 가 보라고 해서 왔어."

엄마에게 최대한 말을 많이 했다. 그래야 저쪽에 서 있는 언니들의 시선을 피할 수 있을 테니까.

"그래, 무슨 일이라니?"

"몰라."

엄마는 찬송가와 성경책을 가방에 넣은 다음 휴대전화를 꺼내 아빠에게 전화했다. 엄마 옆에 있지만 나에게는 화장실 앞에 있는 언니들 말만 들렸다. 한 언니는 벽에 등을 기대고 있었고 다른 언니는 그 언니를 마주 보고 서 있었다.

"분명히 없을 거야."

벽에 기대어 있는 언니가 말했다.

"설마, 잠깐인데 있겠지. 누가 자기 것도 아닌데 가져갔을라고."

그때 화장실에 들어갔던 언니가 세상이 다 끝난 것 같은 표정을 지으며 나왔다.

"없어."

"없어? 정말이야?"

"정말 양심도 없는 사람이야. 어떤 년인지 잡히기만 해 봐. 내가 가만 안 둘 거야."

"세상에 교회에서 뽀림질을 하다니 혹시……."

그런데 그때 내가 왜 언니들을 쳐다봤을까? 벽에 등을 기댄 언니와 눈이 마주치는 순간 가방 안에서 불쑥 앨범이 튀어나올 것만 같았다. 두 손으로 가방을 지그시 눌렀다. 하지만 떨리는 손은 감출 수가 없었다. 그때 엄마가 가자고 나를 끌지 않았다면 나는 한 발짝도 떼지 못했을 것이다.

'제발, 저 문만 나가면 돼.'

멀리 보이는 유리문을 통해 바깥 햇살이 눈 부시게 들어왔다. 저 문만 빠져나가면 모든 게 해결될 것 같았다.

"하리야, 그렇게 급하게 가지 않아도 돼. 엄마가 아빠랑 통화했어."

나는 걸음을 늦추지 않고 계속 걸었다. 하지만 출구까지의 거리는 좁혀지지 않았다. 문까지 가는 길은 까마득히 멀게만 느껴지고 누군가 내 어깨를 붙잡을 것만 같았다. 희미하게 발걸음 소리도 들리는 것 같았다. 자꾸만 손도 차가워지는 느낌이었다. 가까스로 한쪽 문을 힘껏 밀었다. 그런데 문이 왜 이렇게 무거운 걸까? 마치 쇳덩이를 밀어젖히는 것 같았다.

"저기요!"

나는 꼼짝없이 서 있었다. 문을 밀고 나가지도 못하고 그렇다고 미는 손을 놓지도 못했다. 몸이 돌처럼 굳는다는 말이 바로 이때를 두고 하는 말이라는 생각이 들었다. 엄마는 고개를 돌렸지만 나는 고개조차도 돌릴 수 없었다.

그때 내 귀에 네 하고 말하는 다른 사람의 목소리가 들리지 않았다면 나는 그곳에서 아마 돌이 되고 말았을 것이다. 다행히 문을 열고 밖으로 나올 수 있었지만, 교회 마당을 걸으면서 자꾸만 내 귀에 저기요 하는 소리가 계속 들리는 것 같았다. 빨리 이곳에서 벗어나고만 싶었다. 엄마와 함께 교회 화단 옆을 지나쳐 갈 때였다.

"하리야, 이것 좀 봐."

나는 엄마가 나리꽃을 말하는 줄 알았다. 얼핏 보면 식충식물처럼 보이는 주황색 나리꽃은 검은 점박이 때문인지 누가 봐도 눈에 띄었다. 하지만 엄마가 가리킨 것은 수줍은 듯 피어난 하얀 꽃이었다.

"꽃이 참 특이하게 생겼지? 꽃잎 크기가 다르네."

엄마는 교회에 오면 다른 사람이 되는 것 같았다. 집에서는 저런 미소 띤 얼굴과 상냥한 목소리를 볼 수도 들을 수도 없었다.

꽃을 자세히 봤다. 유독 두 장의 꽃잎이 다른 꽃잎들보다 컸다. 마치 기형 같았다.

"하리야, 이 꽃 이름이 뭔지 아니?"

"몰라."

"범의귀야. 꼭 토끼 귀처럼 생겼지? 그런데 왜 범의귀라 부르는지 몰라."

나는 그 꽃이 범의귀든 토끼 귀든 상관없었다. 내 가슴은 아직 진정되지 않아 떨림으로 가득한데 한가하게 꽃이나 보고 있는 엄마가 답답했다. 그래서 건성으로 대답하고 엄마 소매를 잡아끌었다. 얼른 내 방에 들어가고 싶었다. 아무도 들어올 수 없게 문을 닫아걸고 있고 싶었다.

집에 돌아와서 나는 제일 먼저 손을 씻었다. 그리고 방문을 소리 나지 않게 잠그고 가방에서 앨범을 꺼냈다. 손놀림을 빨리했다. 앨범이 포장지에 싸여 감춰지자 떨리던 내 손이 진정되었다. 그리고 나서 나는 쪽지를 썼다.

누군가 나와 좋아하는 것이 같다는 건
참 므흣한 일이야.

— 친구가

내가 이 글 한 줄을 쓰기 위해 얼마나 많이 지우고 다시 썼는지는 아무도 모를 거다. 내 이름을 밝힐까 했지만 그것보다는 아직 밝히지 않는 게 좋을 것 같았다. 친구라는 말을 썼지만 왠지 나를 상징하는 어떤 암호 같은 게 있으면 좋겠다는 생각이 들었다. 왜 그때 엄마와 함께 보았던 그 꽃이 생각났을까? 쪽지 끝에 그 꽃을 그려 넣었다. 성민이가 앨범을 받고 기뻐할 모습을 상상하는 것도 가슴이 벅찼지만, 그것 못지않게 나를 숨기는 이 비밀스러운 일이 마음을 더 설레게 했다.

다음 날 나는 무사히 이 비밀스런 일을 끝마쳤고 그날부터 성민이는 쪽지를 보낸 사람이 누구인지 궁금해했다. 성민이는 내가 그린 꽃 그림에 어떤 힌트가 있다고 생각했는지 괜히 이 분단 셋째 줄에 앉은 소연이와, 삼 분단 둘째 줄에 앉은 아름이에게 다가가 물었다. 그럴 때마다 나는 성민이가 꼭 초등학생 같아 보였다. 하지만 성민이가 지금과 같은 행동을 할지라도 기회를 놓칠 수 없었다. 나도 얼마든지 성민이와 사귈 수 있다는 자신감이 물이 차오르듯 가슴속에 차오르고 있었으니까.

그러다 며칠 후 에픽하이가 인기가요 차트에서 일 위를 했을 때 문자로 그 쪽지의 주인공이 나라는 사실을 알려 주었다. 간직하고 있던 작은 비밀이 더는 비밀이 되지 않았지만, 나의 큰 비밀은 머릿속에서 서서히 잊혀 가고 있었다.

• • •

성민이는 도서관 안에서 나를 기다리고 있다. 건물 앞에 다다라서 문자를 보내니 성민이가 도서관 마당으로 나온다. 그리고 보여 줄 책이 있다면서 다시 내 손을 끌고 안으로 들어간다. 잠깐이지만 성민이의 손이 따스하다는 느낌이 든다.

"야, 이 꽃 이름이 뭔지 알아? 너 모르고 있었지? 범의귀래."

성민이가 작은 소리로 속삭인다. 나는 알고 있었다는 말을 할 수가 없다. 그러면 성민이가 실망할 테니까.

"처음 이 사진을 보고 얼마나 놀랐는지 몰라. 네 비밀 마크가 실제로 존재하다니, 역시 장하리야. 지대 멋져!"

성민이가 어깨로 내 어깨를 툭 친다. 갑자기 얼굴이 달아오른다. 부끄럽다. 사진을 자세히 들여다본다. 교회 앞마당에서 보았을 때는 몰랐는데, 사진으로 보니 두 장의 꽃잎이 큰 게 아니라 세 장의 꽃잎이 덜 자란 것같이 보인다. 사진 아래에는 범의귀의 꽃말이 '절실한 애정'이라고 써 있다. '절실한 애정'이라는 글자는 다른 글자들과 달리 좀 더 진한 글씨체로 눈에 들어온다.

나는 얼른 책을 덮어 성민이에게 준다. 계속 그 책을 보고 있으면 내 마음을 들켜 버릴 것만 같다. 그래서 다른 책을 보려고 기웃거리지만 하나도 눈에 들어오지 않는다. 그때 성민이가 조용히 나에게 다가와 밖으로 나가자고 한다.

"하리야, 너 시간 괜찮으면 나랑 운동화 사러 가지 않을래?"

기특하게도 성민이는 이대로 집에 가는 게 싫은 내 마음을 알고 있는 것 같다.

"왜? 지금 신은 것도 괜찮아 보이는데 어디 찢어지기라도 했어?"

"아니."

"그럼 왜?"

"지금 신고 있는 게 싫증 나서 말이야. 더 좋은 거로 사려고. 야, 그리고 요즘에 운동화가 찢어져서 새로 사는 아이가 어디 있냐? 운동화 두세 개는 기본 아니야?"

내 얼굴이 또 달아오른다. 민망하다. 이런 데서 성민이와 내가 차이 난다는 것을 느낀다. 나는 운동화를 사면 그 운동화가 낡을 때까지 신는다. 그리고 새 운동화를 사야지만 그전 운동화하고 바이바이다. 그래서 어떨 때는 내 운동화가 불쌍하게 느껴질 때도 있다. 죽도록 끌려다니다가 어느 날 매정한 주인 손에 이끌려 의류 함으로 들어가니까 말이다. 그런데 성민이는 지금 내가 민망해하고 있다는 것을 눈치챘을까?

"가자. 네가 골라 줘. 네가 감각이 좀 있잖아."

그래, 다 마음먹기 나름이고 행동하기 나름이다. 앞으로 나는 성민이와 사귀면서 다른 점이 많다는 것을 알게 될 것이다. 하지만, 들키지 않으면 그만이다.

"네가 뭘 좀 아는구나."

나는 금세 밝은 표정을 짓는다. 성민이가 날 보고 웃는다. 순간 난 성민이 웃음에 내 마음을 다 빼앗겨 버린다.

'어쩜 저렇게 멋있을 수 있을까? 이건 완전 걸어 다니는 조각상이야.'

사진을 한 방 찍고 싶다. 그래서 휴대전화를 만지작거려 보지만 아직 우린 다정하게 사진을 찍을 정도로 가깝지는 않다. 하지만 언젠가는 꼭 찍고 말 거다.

다른 때 같았으면 빵빵대는 자동차 경적 소리에 눈살을 찌푸릴 나지만 오늘은 웬일인지 그 소리가 성민이와 나에게 팡파르를 울려 주는 것 같아 듣기 좋다.

'성민아, 변하면 안 돼.'

마음속으로 다짐한다. 성민이가 변하기 전에는 난 절대 변하지 않겠다고.

성민이와 함께 도서관을 나와 걷는다. 앞서서 성큼성큼 걷는 성민이의 머리카락이 찰랑거린다. 상큼하게 불어오는 바람을 맞으며 나는 성민이 운동화를 골라 주러 가고 있다.

성민이를 따라 스포츠용품을 파는 매장에 들어간다. 매장 안에 들어가자 유난히 내 운동화가 눈에 거슬린다. 밖에 있을 때는 몰랐는데 깨끗한 매장 안으로 들어오니까 내 운동화가 더 눈에 띄는 것 같다. 운동화는 낡기도 했지만 빤 지도 오래되어 거무튀튀한 게 하얀 바닥과 밝은 조명에는 너무 안 어울린다.

'이럴 줄 알았으면 구두를 신고 올 걸.'

나도 모르게 발가락이 옴츠러든다.

"하리야, 이거 어때?"

성민이가 고른 운동화는 늘씬하고 잘빠진 까만 말 같다. 이 운동화를 신으면 성민이도 말을 탄 왕자가 될 것 같다. 백마가 아닌 흑마를 탄 왕자.

우리가 신발을 보고 있으니까 점원 언니가 우리를 향해 다가온다. 언니는 먼저 내 신발을 내려다본다.

"어느 분이 신으실 거죠?"

"전데요."

"아, 네. 한번 신어 보세요."

그렇게 말하는 언니는 다시 한 번 내 신발을 내려다본다.

'뭐야, 기분 나쁘게.'

언니는 성민이에게 이 운동화가 왜 좋은지를 마치 대본을 외우듯 주저리주저리 떠든다. 그런 언니의 말에 성민이는 고개를 주억거리고 있다. 빨리 이곳에서 나가고 싶다. 성민이가 더 고르지 않고 그 운동화를 사길 바랐는데, 역시 성민이와 나는 통하는 게 있나 보다. 성민이가 그 운동화를 사겠다며 계산하러 가니까 말이다.

성민이가 계산을 하는 사이 나는 옆에 놓인 하얀 바탕에 분홍색 상표가 있는 운동화가 마음에 들어 바라본다. 이 운동화만 신는다면 성민이와 내가 정말 잘 어울릴 것만 같다.

"손님, 찾으시는 물건 있으세요?"

노란 넥타이를 맨 사장처럼 보이는 아저씨가 나에게 다가온다. 고개는 돌렸지만 나는 머뭇거리고 말을 하지 못한다. 노란 넥타이는 내가 바라보던 운동화를 집어 든다.

"새로 나온 상품인데 한번 신어 보실래요?"

노란 넥타이가 내 발을 내려다본다. 성민이랑 같이 안 왔다면, 꼭 사지 않고 신어 보기만 해도 된다면 한번 신어 보고 싶다. 그 순간 언제 왔는지 성민이가 내 옆에 서 있다. 나는 아무 말도 못하고 노란 넥타이와 성민이를 번갈아 본다.

"얘는 제 여친인데요, 저 따라온 거예요."

"아, 그래요."

성민이가 나보고 여자 친구라고 한다. 이젠 거무튀튀한 운동화 같은 건 신경도 쓰이지 않는다. 난 노란 넥타이에게 수줍은 듯이 한번 웃어 주고 성민이를 따라 밖으로 나온다.

지금 나는 성민이와 함께 걷고 있다. 한 걸음 한 걸음 내디딜 때마다 허공을 걷는 것만 같다. '여친'이라고 한 성민이 말이 떠오를라치면 손가락 끝까지 찌릿해 오고 자꾸만 가슴이 콩닥콩닥거린다.

'이런 내 마음을 성민이는 알까?'

우리는 도서관과 스포츠 매장에 이어 햄버거도 함께 먹고 팬시점에도 들른다. 늦은 오후가 되어 집으로 돌아올 때는 내가 준 앨범에 있는 노래도 내내 함께 부른다.

"가질 수 없는 꿈이지만 I have a dream."

"비틀거리는 꿈이지만 I have a dream."

긴 랩은 하다 보면 막히는 부분도 있다. 하지만 그럴 때마다 우리는 서로 가르쳐 준다. 우리가 비트에 맞춰 내뱉은 가사들은 나와 성민이 마음을 연결해 준다.

이렇게 같이 노래를 하며 저녁까지, 새벽까지 계속 걸을 수 있을 것 같은데 그럴 수 없다. 이제는 성민이와 헤어져야 한다. 나는 왜 연인들이 헤어질 때 손을 쉽게 놓지 못하는지 알 것 같다.

조금 걷다 뒤를 돌아 성민이가 가는 모습을 지켜본다. 성민이 머리 위의 하늘에 오늘따라 유난히 발그스름한 노을이 지고 있다. 마치 사랑앓이로 붉어진 내 마음 같아 바끄럽다.

# 익숙해지는 비밀

어제 성민이와 데이트를 하고 오늘 학교에 가서 성민이를 또 볼 생각을 하니 마음이 설렌다. 뭐라 말로 표현할 수 없는 기분이다. 몰래 데이트를 하는 짜릿함이 날 들뜨게 하지만 정작 학교에 가서는 이런 마음을 내색할 수 없다니 좀 서운하다.

"장하리!"

나를 부른 아이는 바로 예주다. 예주는 한눈에 봐도 노는 아이 같다. 무엇보다 교복이 내 것과는 다르다. 무릎보다 한참 올라간 치마 길이에, 얼마나 줄였는지 몸에 딱 달라붙다 못해 작게 느껴지는 재킷도 그렇다. 보통 일 학년들은 이렇게 교복을 줄일 생각을 안 하는데 예주는 다르다. 이제 겨우 초등학생을 벗어나 중학교 일 학년이 되었는데 예주는 어떻게든 어른처럼 보이려고 애를 썼다. 머리는 샤기컷에 화장도 살짝 한 것 같다.

예주가 나한테 점점 다가온다. 순간 범의귀가 생각난다. 범의귀는 예주와 닮았다. 꽃을 다 피웠다고 말할 수도 없고 아니라고 할 수도 없는 범의귀. 어른도 아니고 아이도 아닌 애매모호한 바로 우리 중학생.

예주의 등장은 그동안 잊고 지냈던 나에 대해 정확하게 알려 준다. 내가 어떤 아이인지 깨닫게 해 준다. 나는 반가운 표정도, 그렇다고 싫은 표정도 지을 수 없다. 언제나처럼 그냥 다가오는 예주를 기다리며 서 있다.

"장하리, 너 어떻게 된 거야?"

"왜?"

예주는 혹시 자기 이야기를 듣는 사람이 있나 주위를 둘러보고 작은 소리로 속삭인다.

"너 서울문고에서 보자고 했는데 왜 안 나온 거야? 내가 얼마나 기다린 줄 알아? 너 때문에 내가 얼마나 곤란했는지 아냐고?"

"미안해."

"한 번만 더 그러면 알아서 해. 아니야, 그다음은 네가 더 잘 알고 있을 거 아냐? 조심하는 게 좋을 거야."

"알았어. 그런데……."

"설마 못하겠다는 말을 하려는 건 아니지? 넌 나한테 그렇게 말 못해."

힘을 잔뜩 준 예주의 눈이 더 강하게 말하고 있다.

"아직 잊진 않았겠지? 내가 늘 널 보고 있다는 걸."

예주는 그 말만 남기고 문구점에 들렀다 가야 한다면서 먼저 간다. 나도 문구점에 가야 하지만 예주를 따라가고 싶지는 않다. 이제 더는 예주와 함께 있고 싶지 않다. 아니, 아예 모르는 아이였으면 좋겠다.

아이들은 마치 개미가 굴속에 들어가는 것처럼 한눈팔지 않고 줄지어 학교 안으로 들어가고 있다. 나도 아무 생각 없이 그 줄에 끼어든다. 그러다 지금과 같이 생각 없이 걸어가다 보면 예주가 파 놓은 굴속에 들어가 헤어 나오지 못하는 나를 발견할 거라는 생각이 든다. 그러자 나와 예주가 어떻게 얽히게 되었는지가 떠오른다.

• • •

학교에서 예주는 문제아로 통했다. 교실 맨 뒷자리에 앉아 있는 예주는 키가 작아 늘 앞자리에만 앉는 나와는 너무나 멀게 느껴지는 아이였다. 간혹 예주를 비롯한 뒷자리의 아이들을 보면서 나는 한 교실 안에서도 다른 세계가 있는 게 아닌가 하는 생각이 들었다.

그런데 그런 예주가 나한테 다가왔다. 그때는 아직 성민이가 나의 존재를 몰라 찾아다닐 때였다. 체육 시간이 끝나고 교실에 들어왔을 때 책상에 놓인 책 밑에 쪽지가 놓여 있었다.

'혹시 성민이가 벌써 알게 된 걸까?'

나는 얼른 쪽지를 펼쳐 보았다.

> 할 말이 있으니까 이따 학교 끝나고
> 등나무 밑에서 좀 보자.
>
> — 예주 —

쪽지를 읽고 예주의 자리를 보았다. 예주는 아무 일도 없다는 듯이 아이들과 떠들고 있었다.

얼마 전부터 예주가 운영하는 블로그가 인기였다. 그중

예주가 쓰는 소설이 인기의 비결이었는데 내용부터 아주 황당했다. 품위 있는 집안에서 태어난 외동딸 채은은 엄마 아빠의 사랑과 노력이 만든 이 시대의 최고의 '엄마 친구 딸'이다. 그 '엄친딸' 채은이 인기 연예인 J와 만나 사랑을 이루려는데 예주는 아이들이 관심을 보일수록 질질 끌기만 했다. 헌데 이상한 건 아이들이 질질 끌려가면서도 그걸 못 봐 안달이 난다는 것이었다. 어찌 보면 예주는 이야기를 만들어 내는 소질이 있는지도 몰랐다.

그때 예주가 내 쪽으로 고개를 돌렸다. 나는 예주와 눈이 마주치기 전에 얼른 눈길을 돌렸다.

'무슨 일이지? 다른 사람도 아니고 예주가 나한테 무슨 볼일이 있을까?'

별일 아닐 거라 생각했다. 하지만 그날 내 귀에는 수업이 끝날 때까지 선생님들의 목소리가 하나도 들리지 않았다. 선생님들은 계속 쉴 새 없이 떠들었지만 입에서 나오는 소리는 음소거가 된 것 같았다.

수업이 끝나고 학교 건물에서 나오면서 등나무 밑에 예주가 있는 것을 보았다. 그때서야 무시해도 되는 쪽지가 아니라는 게 분명해졌다.

예주는 나를 보고는 같이 있던 친구 두 명에게 뭐라 말을 했다. 그 아이들도 예주 친구라는 걸 알려 주기라도 하는 듯 옷차림이 예사롭지 않았다. 그 아이들은 나를 한번 힐끔 보고는 가 버렸다. 예주에게 다가가면서 내가 쪼그라들고 있다는 느낌이 들었다.

"너 그냥 가려고 했지?"

"아니, 아니야."

"그래? 그럼 믿어 주지."

나는 예주가 말을 하기 전에 먼저 왜 불렀느냐고 물어보려 했다. 그런데 쉽게 입이 떨어지지 않았다.

"너 성은교회 다니지?"

"아니, 거긴 우리 엄마가 다니는 교회인데."

"그래? 거기서 널 봤는데."

순간 나는 엄마를 찾으러 교회에 간 날이 생각났다.

"엄마 찾으려고 몇 번 가긴 했어."

"거 봐. 내가 맞았어. 그것도 화장실에서."

'뭐야? 지금 예주가 무슨 소리를 하는 거지?'

예주가 가방을 벗어 의자에 올려놓았다. 난 아무 말도 못하고 예주의 가방만 뚫어지게 바라보았다.

"그날 내가 화장실에 갔는데 옆에 서 있던 혜진 언니가 새로 나온 에픽하이 앨범을 들고 있더라고. 사실 나도 그 가수 좋아해. 아마 그날이 그 가수 앨범 나오는 날이었을걸. 그 언니와 내가 좀 친해서 말인데 언니가 그날만 기다리다가 교회 오기 전에 사가지고 왔다는 소리를 들었거든."

나는 모든 걸 들켜 버렸다는 생각이 들었다. 그다음 말은 안 들어도 될 것 같았다. 하지만 예주는 그렇게 해 줄 아이가 아니었다.

"화장실에 앉아 있는데 그 언니가 나간 자리에 다른 사람이 들어오는 소리가 들리더라고. 바로 옆 칸이라 소리가 얼마나 똑똑히 들리던지. 그런데 그 사람은 화장실에 들어와서 볼일은 안 보고 지퍼 소리만 내더니 부리나케 나가더라. 내가 일을 보고 막 나가는데 잠깐 사이에 널 봤어."

"그건 말이야, 예주야."

"잠깐, 내 얘기 아직 안 끝났어. 밖에 나와 봤더니 네가 엄마랑 같이 있더라. 네 가방을 손으로 꼭 누르고 말이지. 언니들은 난리가 났지. 하지만 나는 언니들에게 모른 척했어. 사실 그 언니와 친하기는 해도 내가 그 언니들한테 당했던 게 생각나더라고."

모른 척했다는 예주의 말을 듣자 고마운 생각이 들었다.

"그런데 다음 날 성민이가 뿌린 물건인지도 모르고 낚이는 걸 보고 내가 어떤 생각이 들었는지 알아?"

"예주야, 그건 실수였어."

"실수? 누구나 처음은 그렇게 얘기해."

"제발, 성민이한테는 비밀로 해 줘."

나도 모르게 운동장에서 축구를 하는 아이들에게 시선이 갔다. 혹시 성민이가 거기에 끼어 있나 해서.

"너, 말 똑바로 해. 그럼 성민이 말고 다른 사람한테는 얘기해도 된다는 말이니? 나보고 거짓말이라도 하라는 말이야?"

"그게 아니라……."

"왜 말을 못하니?"

"미안해."

"뭘? 들켜서?"

"그렇게 얘기하지 말고 한 번만 봐 줘."

"글쎄, 생각 좀 해 볼게. 그런데 넌 그 물건을 성민이에게 주면서 왜 너라는 걸 밝히지 않았어?"

"그건……."

"좀 심하다는 생각 안 드니? 성민이가 그 앨범이 뽀린 물건이라는 걸 알면 얼마나 실망할까? 다른 사람이 자기한테 뽀린 물건을 선물로 준다면 아마 기분 엄청 더러울 거야."

나는 우연히 주운 물건을 준 것이었다. 훔친 물건이 아니었다. 하지만 예주는 그렇게 생각하고 있지 않았다.

"아니야. 그런 게 아니야. 그런데 예주야, 너도…… 성민이 좋아하니?"

"뭐? 지금 무슨 소리를 하는 거야? 내가 그 초딩 같은 애를 좋아해서 지금 이러는 줄 알아?"

성민이를 좋아해서도 아니란다. 그럼 예주는 무엇 때문에 날 보자고 한 걸까? 갑자기 나를 똑바로 바라보는 예주의 시선을 피하고만 싶었다.

"너라면 날 도와줄 수 있을 것 같아. 좀 비겁하긴 하지만 그것만 빼면 생각보다 대담한 면이 나랑 닮았어."

그때 남자아이들이 축구를 하는 데서 공이 날아왔다. 나는 나한테 다가올까 봐 눈을 질끈 감고 뒷걸음질을 쳤다. 하지만 예주는 공이 날아오는 것을 똑바로 보고 있다가 자기 앞에 떨어지자 힘껏 발로 찼다. 공을 주우려고 오던 아이가 자기한테 던지라고 손을 들어 보였지만 예주가 찬 공은 그 아이의 머리를 훌쩍 넘어 축구하는 데까지 날아가 버렸다.

"오늘은 이만 얘기하고 다시 연락할게. 내가 필요할 때 말이야."

"그게 언젠데?"

"좀만 기다려. 그리 오래 걸리지는 않을 거야."

"알았어."

등나무 의자 위에 놓았던 가방을 메고 예주가 걸어갔다. 예주의 뒷모습을 보면서 앞으로 어떤 일이 일어날지 두려웠다.

'예주가 아이들한테 다 말해 버리진 않을까?'

하지만 예주는 성민이에게만은 말하지 않을 것이다. 그렇게 믿고 싶었다. 예주가 아주 멀어질 때까지도 내 눈에는 예주가 멘 작은 가방만 들어왔다.

그날 이후로 난 예주와 함께 다녔다. 이건 친한 친구끼리 붙어 다니는 것과는 달랐다. 학교에서는 아는 체도 잘 하지 않는 우리 둘이 밖에서 붙어 다니는 모습을 보고 아이들은 모두 이상하다는 듯 쳐다봤다.

"오늘은 네가 해. 전에도 얘기했지만 절대 바코드가 붙어 있는 건 안 돼. 그리고 항상 높은 곳에 올라가서 지키고 있는 언니를 조심해. 다른 직원들은 자기 할 일이 바빠 그렇게 신경 쓰지는 않아."

"알았어."

"그럼, 내가 언니한테 말을 붙일게 그때 해. 새로 나온 휴대전화 고리야. 어제 봐 두었던 거 기억나? 잘해 봐. 알겠지?"

"그래."

나는 두 번째로 남의 물건을 훔쳤다. 예주가 매장을 지키고 있는 언니의 시선을 다른 데로 돌려 주었기 때문에 어렵지 않았다.

모든 게 계획적이었다. 우리 계획이 맞아떨어지지 않는다면 문제겠지만 그런 일은 일어나지 않았다. 약간 가슴이 두근거렸지만 무사히 빠져나왔을 때는 내가 나쁜 짓을 하고 있다는 생각도 들지 않았다. 뭔지 모를 통쾌함과 짜릿함이 가슴에 번져 오고 있었다.

"자, 이건 기념으로 네가 가져."

예주는 휴대전화 고리를 나에게 주었다. 집으로 돌아올 때 누군가 내 어깨를 잡을 것 같은 느낌도 더 이상 들지 않았다. 나는 조금씩 익숙해져 가고 있었다. 예주가 하라는 대로 하고 있는 내 모습을 자연스러운 일인 듯 지켜보고 있었다.

• • •

개미는 앞에 가는 개미를 따라간다. 그곳에 위험이 도사리고 있어도 따라갈 때는 모른다.

학교에 도착하니 예주가 먼저 와 있다. 나는 내 자리에 앉으면서 성민이가 왔는지 확인한다. 성민이는 벌써 와서 무언

가를 열심히 보고 있다. 이제 나에게 다른 아이들은 하나도 보이지 않는다. 마치 우리 교실에는 성민이, 예주, 나만 앉아 있는 것 같다.

칠 교시 마지막 시간은 담임 수업이다.

"오늘은 어제 말한 대로 '통일 안보에 대한 내 주장 발표 대회'를 위해 글짓기를 한다. 이번에 잘한 사람은 학교 대표로 나간다. 분량 때문에 원고지 준비하라고 했던 건 잊지 않았지?"

'통일이면 통일이지, 안보는 또 뭐야?'

국어 선생님인 우리 담임은 평소 수업 시간과는 다르게 학교 행사와 관련된 일을 할 때면 저렇게 목에 핏줄을 돋우고 말을 한다. 하지만 아이들은 아무도 신경 쓰지 않는다. 어제 다 들은 이야기이기 때문이다. 그리고 아무리 잘해도 결과는 정해져 있고, 그게 학교이기 때문이다.

"왜 대답이 없어? 알겠냐고?"

"네."

억지로 몇몇이 대답을 한다. 담임은 다 아는 이야기를 왜 저렇게 또 할까? 나는 학교에서 내 주장 발표 대회를 하든 남의 주장 발표 대회를 하든 별로 신경 쓰지 않는다. 아무리 열심히 쓴다 해도 뽑히는 아이들은 정해져 있으니까. 언제나 공부를 잘하는 희선이, 보영이, 성현이, 동욱이, 예찬이, 그리고 성민이. 이 아이들은 중학생이 되어도 엄마들이 모두 학교에 얼굴을 자주 비치는 아이들이다. 분명 이번에도 이 아이들이 뽑힐 거다.

그런데 갑자기 머릿속에 원고지를 사야 한다고 문구점으로 달려가던 예주의 뒷모습이 떠오른다. 무언가 잘해 보려는 마음을 가진 사람들한테서 뿜어져 나오는 열기가 예주한테서 나오고 있었다.

"분량은 많이 쓰면 좋지만 일곱 장 이상을 넘기지 않도록."

아이들의 짜증 섞인 목소리가 이곳저곳에서 들린다. 담임의 말은 일곱 장은 꼭 채워 넣으라는 소리다. 주장할 것도 없는데 일곱 장을 쓰라니. 딱 한 문장이면 될 것 같은데 말이다.

우리에게 통일이란 단어는 초등학교 때부터 들어온 말이다. 하지만 마치 정답이 없는 질문에 답을 써 넣으라는 문제처럼 어렵고 껄끄럽기만 하다. 몇몇 아이들은 개인 논술 선생님이 지도해 준 대로 쓸 게 뻔하다. 물론 그 아이들이 뽑힐 테고 그렇다면 왜 아깝게 이 시간에 아이들 모두가 원고지에 고개를 처박고 있어야 하는지 모르겠다.

나는 일곱 장 이상 쓰라고 해서 대충 여섯 장을 쓰고 늘리고 늘려 일곱 장 둘째 줄까지 쓴다. 한 말을 또 쓰고, 앞에 한 말을 또 하고 한다. 다 쓴 사람은 교탁 앞에 놓고 가라는 말에 내가 쓴 글을 올려놓는다. 담임이 내 얼굴을 쳐다본다.

"다 쓴 사람은 다른 공부를 해도 좋다."

다른 공부를 해도 좋다고 하지만 아이들 대부분은 다이어리를 정리한다든가 낙서를 한다. 그때 난 우연히 담임을 본다. 두꺼운 검은색 뿔테 사이로 보이는 담임의 눈은 지금 무슨 꿍꿍이를 생각해 내고 있는 중일 거다.

나는 원고지를 내고 들어오면서 버릇처럼 성민이와 예주를 바라본다. 성민이는 책을 보고 있는데 예주는 아직도 글을 쓰고 있다. 예주는 마치 중요한 시험을 치르는 아이처럼 보인다. 얼굴까지 발갛게 달아오른 예주는 지우고 다시 쓰기를 계속하고 있다. 저러다 지우개가 남아나지 않겠다.

나는 자리에 돌아와 담임을 본다. 담임은 조금이라도 일을 줄이려고 하는지 그 번뜩이는 독사 같은 눈으로 아이들이 낸 글을 두 부류로 나누고 있다.

'그럼 그렇지.'

나 아닌 다른 아이들도 알 거다. 담임이 지금 아이들을 두 부류로 나누고 있다는 걸. 예주가 원고지를 들고 앞으로 나간다. 예주 얼굴을 본 담임은 거의 마지막에 낸 예주 글을 생각해 보지도 않고 공부 잘하는 아이들 쪽이 아니라 나머지 아이들 글 뭉치 위에 올려놓는다. 담임의 행동을 똑똑히 본 예주는 자리로 돌아오지 못하고 그대로 서 있다.

"왜, 무슨 문제라도 있어?"

나는 예주 눈을 정확히 본다. 예주는 자기가 낸 원고지를 뚫어지게 바라보고 있다. 담임도 약간은 멋쩍은지 두 부류로 나눈 원고 뭉치에 손가락을 껴서 하나로 살짝 합해 놓는다.

"오늘 수업은 여기서 마친다."

나는 예주가 담임한테 한마디라도 하길 바랐다. 하지만 예주는 얼굴만 붉으락푸르락할 뿐 한마디도 하지 않는다. 더는 그곳에 있을 이유가 없다고 생각했는지 예주는 자리에 돌아와 앉는다. 예주를 보면서 아이들은 모두, 아니 나머지 부류의 아이들은 모두 같은 마음일 것이다.

'그건 잘못된 거예요. 최소한 글을 읽어 보기는 해야 하지 않나요?'

하지만 이런 말을 입 밖에 낸 아이는 아무도 없다.

"오늘은 종례까지 이어서 한다. 모두 공부하느라 수고했고 청소 당번은 청소 깨끗이 하도록."

나는 담임이 하는 말을 속으로 똑같이 따라한다. 어느 순간부터 나에게 우리 담임이 말을 하면 속으로 억양까지도 똑같이 따라하는 버릇이 생겼다. 어쩌면 날마다 저렇게 똑같은 말만 할까? 가끔 담임이 하는 말을 들으면 우리 아빠가 '밥 줘.'라고 하는 말이 떠오른다. 분명히 다른 말이지만 이상하게 같게 느껴지는 이유는 뭘까?

담임의 종례가 끝나자 아이들은 꽉 묶었다가 풀어 놓은 짐들처럼 풀어진다. 그때 담임이 교실 뒤로 걸어간다. 보통은 앞문으로 나가는데 그런 행동이 이상하다고 여긴 아이들의 시선이 담임을 따라간다. 맨 뒤에 앉아 몰래 만화책을 보던 윤수가 담임이 걸어오는 걸 보고 화들짝 놀란다. 하지만 담임이 간 곳은 윤수 자리가 아니라 우리 반 폐휴지를 담아 두는 곳이다. 조금이라도 산림을 파괴하지 않으려면 종이를 아껴서 쓸 뿐 아니라 폐휴지도 모아야 한다고 말한 담임이, 앞에서 말한 공부 잘하는 아이들의 엄마들에게 부탁해서 마련한 폐휴지통이다.

털썩.

뭉치 떨어지는 소리가 들린다. 아이들은 모두 담임을 보고 있었지만 담임이 고개를 돌리기 전에 모두 아무 일도 아닌 듯 바로 앉는다. 하지만 유독 한 아이는 그대로 바라보고 있다. 담임은 예주와 눈이 마주치자 흠흠 헛기침을 하더니 앞으로 나온다.

"자, 이따 청소 끝나면 마무리 잘하고 가도록. 이상. 아참, 예찬이는 지금 잠깐 교무실로 와라."

"네."

담임은 지금 또 예찬이를 빼돌리고 있다. 너무도 정확하게 청소 시간일 때만 공부 잘하는 아이들을 불러 나머지 아이들의 고생이 이만저만이 아니다.

담임이 교실을 나가자 아이들은 서둘러 자리에서 일어난다. 책가방을 벌써 메고 있는 아이도 있다. 예주는 담임이 나가자 바로 폐휴지통 뚜껑을 열고 속을 들여다보고 있다. 담임의 행동에 설마 하는 생각을 했던 나와 몇몇 아이들은 금세 그곳으로 몰려간다.

"헐! 뭐야? 오늘 우리가 쓴 거잖아?"

윤수가 기가 막히다는 듯 말을 내뱉는다. 정말 기가 막힌다. 오늘 우리가 쓴 글이 바로 그곳에 있었으니까. 예주는 폐휴지통 뚜껑을 들고 바르르 떨고 있다.

"담팅, 지대 재수 없다. 버릴 거면 차라리 우리 간 다음에나 버리지."

나는 예주가 들으라는 듯이 큰 소리로 말한다. 예주는 폐휴지통을 뒤지기 시작한다. 담임이 버린 원고지 뭉치를 찾아 시원스럽게 바닥에 내팽개친다. 그리고 자기 것을 찾아서 발로 막 짓이긴다. 그래도 분이 안 풀리는지 원고지를 들어 냅다 집어 던진다. 원고지는 교탁 앞까지 가서 떨어진다.

예주의 얼굴은 금방이라도 터져 버릴 것 같다. 자기 가방을 메고 나오면서 예주는 분 때문인지 책상에 부딪히고 의자에 발이 걸려 쾅쾅 소리를 낸다.

나는 곧바로 예주의 원고지를 가지러 앞으로 나간다. 다른 아이들은 내가 예주에게 주려고 가져가는 줄 알았는지 멍청하게 보고만 있다.

예주의 원고지는 찢어지고 발자국이 나 있고 엉망이다. 예주가 자기 글을 이렇게 만든 이유는 아마 아무도 봐 주지 않는데도 열심히 글을 쓴 자신한테 화가 난 걸 거다.

내 뒤를 따라 예찬이도 복도로 나온다. 나는 아직도 분이 안 풀려 쿵쿵거리며 걸어가는 예주를 본다. 반대편에는 예찬이가 담임을 만나러 교무실 쪽으로 걸어가고 있다. 정해진 대로 우리는 그렇게 갈 수밖에 없다.

# 들켜 버린 거짓말

예주가 스티커를 훔치자고 할 때 거절하지 않은 게 후회된다. 예주가 찜한 스티커는 값이 많이 나가는 것이라 점원 언니가 따로 비닐 안쪽에 바코드를 숨겨 놓은 것 같다. 예주도 거기까지는 생각하지 못했다.

예주와 함께 출구를 나오는데 삐익 소리가 난다. 그러자 예주는 얼른 나에게 스티커를 준다. 그리고 아무 일도 없었다는 듯 걸어간다. 매장 안이 정신없이 바쁘지 않았다면, 엄마를 따라온 아이가 떼를 쓰며 울지 않았다면 꼼짝없이 걸렸을지도 모른다. 매장 안에서 점원 아저씨 하나가 고개를 빠끔 내밀고 이상하다는 듯 쳐다보지만 나에게 다가오지는 않는다.

난 집으로 돌아오면서 많은 생각을 한다. 예주가 담임에게 실망했듯이 나도 예주에게 실망했다. 어른들이 길들이는 대로 우리는 길들여지고, 예주가 길들이는 대로 나도 길들여지고 있다.

집에 돌아온 나는 휴대전화 고리가 있는 책상 서랍에 스티커를 함께 넣어 둔다. 그러다 갑자기 이 서랍이 가득 차오를지도 모른다는 생각이 든다.

'분명 오늘 같은 일이 다시 안 벌어진다고 장담할 수 없다. 오늘은 운이 좋았지만 앞으로 어떻게 될지 아무도 짐작할 수 없다.'

나는 닫힌 서랍을 노려보면서 이제 이 일을 그만두어야겠다는 생각을 한다. 처음은 내 실수였다. 그리고 두 번째는 예주가 시켜서였다. 그러면 이쯤에서 그만두어도 될 것 같다. 물론 예주가 나의 처음을 알고 있지만 오늘 일을 이야기하면 예주도 할 말이 없을 거라는 생각이 든다. 더는 예주가 시키는 대로 하지 않을 것이라고 다짐한다. 잘못을 깨닫고 앞으로 그걸 고칠 거라는 자신도 있다면 난 예전의 하리로 돌아가는 거다.

마음이 가벼워진다. 그러자 동시에 배가 고파 온다. 냉동실 문을 열어 본다. 엄마가 얼려 놓은 밥이 두 덩이 있다. 하지만 먹을 만한 반찬이 없다. 라면이라도 끓여 먹을 생각으로 냄비에 물을 붓고 가스레인지 위에 올려놓는다. 그리고 라면을 찾기 위해 싱크대 문을 연다.

그런데 그곳에 일회용 비닐봉지에 담긴 물건들이 그득 들어차 있다. 그것들은 몰래 숨어 있는 것처럼 잔뜩 몸을 웅크리고 있다.

'뭐야, 이건!'

한눈에도 엄마가 가져왔다는 걸 알 수 있다. 고춧가루, 조미료, 멸치 등 한두 가지가 아니다. 나는 그것들을 던져 넣고 문을 닫는다. 내 눈에 띄지 않길 바란다. 절대 빠져나오지 않기를 바란다. 라면 물은 계속 끓고 있지만 싱크대 문을 열 수가 없다. 그때 엄마가 들어온다.

"하리야, 뭐해?"

나는 가스레인지 불을 끈다. 그리고 방으로 들어간다. 마음 같아서는 엄마가 내 방에 들어오지 못하게 문을 잠그고 싶다. 엄마가 냄비 뚜껑을 여닫는 소리가 들린다.

"하리야! 하리야!"

엄마가 나를 부른다. 나는 절대 밖으로 나가지 않을 거라고 마음먹는다. 엄마의 발소리가 들린다. 엄마가 방문 손잡이를 돌리는 것과 동시에 난 꼭지를 눌러버린다. 엄마가 문을 두드린다.

"하리야, 좀 나와 봐. 왜 그래?"

문만 잠근 건데 왜 이렇게 가슴이 아플까? 눈물이 흐른다. 흐르는 눈물을 계속 손으로 훔친다. 단단히 마음을 먹고 밖으로 나오자 엄마가 문 앞에 서 있다.

나는 성큼성큼 싱크대로 다가간다. 아까 보았던 비닐봉지 뭉치를 꺼내 바닥에 내팽개친다. 얼마나 심하게 내팽개쳤는지 봉지가 터지면서 고춧가루가 쏟아지고 멸치가 바닥에 나뒹군다.

"우리가 거지야? 이게 다 뭐야?"

"하리야, 이건……."

"듣고 싶지 않아."

밖으로 뛰쳐나온다. 하지만 어디로 가야 할지 모르겠다. 머리 위 가로등이 어두운 골목을 비춰 주고 있다. 이 골목을 빠져나가면 그곳에는 암흑이 기다리고 있을 것만 같다. 하지만 엄마가 있는 집 근처에 있는 것조차 싫다. 발을 내딛을 때마다 숨이 막힌다. 다른 사람들은 시원하게 느낄 밤바람이 나에게는 왠지 한여름에 불어오는 후끈한 바람처럼 갑갑하게 느껴진다. 발길이 닿는 대로 걷는다. 그렇게 걷다 보니 성민이가 생각난다. 성민이에게 위로받고 싶다.

성민아, 뭐하3?
잠깐이면 되는데
나 좀 볼래?

성민이에게 금방 답장이 온다. 성민이의 대답은 간단하고 싸늘하다.

지금 수학과외 중
주말도 아닌데 웬
일?

성민이에게 문자 보낸 것을 후회한다. 지금 내 심정을 성민이에게 털어놓고 이야기할 수도 없을 거면서 성민이를 생각했다는 것이 짜증 난다.

성민이가 내 문자를 보고 나온다면 나는 문구점에 가지 않을지도 모른다. 다시는 남의 물건에 손을 대지 않겠다고 다짐했다. 하지만 세상은 내가 생각하는 대로 돌아가지 않는다. 나는 문고를 찾아가고 보기 좋게 걸린다. 이건 꿈이 아닌 현실이다.

"여기 무릎 꿇고 손들고 앉아 있어. 다 큰 여자애가 잘한다."

'잘' 소리를 길게 늘이는 걸 보면 날 비꼬고 있는 게 확실하다. 언니가 가방에서 게임 시디를 꺼낸다. 게임을 별로 좋아하지 않는 내가 게임 시디를 훔친 것은 쉽게 가방에 넣을 수 있기 때문이다. 그런데 예주가 그렇게 말했건만 바코드까지는 생각이 닿지 않았다.

내가 있는 이곳은 창고다. 이곳은 어둡다. 꼭 굴속 같다. 작은 형광등 하나가 물건을 볼 수 있을 정도의 빛만 내뿜고 있다. 주위에는 매장 안과는 다르게 물건이 정리되지 않은 채 쌓여 있다. 언니는 사장님을 모셔올 거라는 말을 하고 나간다. 이곳은 이상한 마력이 있는 곳 같다. 그 상냥하던 언니가 저렇게 무섭게 변했으니까.

'이곳이 그 사람의 숨겨진 부분까지 드러내는 곳이라면 난 이곳에서 어떤 모습을 드러내야 하는 걸까?'

언니가 나간 뒤 이곳은 조용하다. 매장 안의 소리가 작은 틈을 뚫고 들어오는지 아주 가느다랗게 들린다. 손을 들고 있는 나에게 물건들이 달려들 것만 같다. 무섭다. 한구석에서는 뭔가 튀어나올 것만 같다. 그것은 쥐일 것도 같고 괴물일 것도 같다. 하지만 그런 것보다 더 무섭고 떨쳐 버리고 싶은 것은 내 머릿속에서 튀어나온 엄마에 대한 기억이다. 엄만 모르고 있다. 내가 다 알고 있다는 사실을.

• • •

그날은 유난히 아침부터 후텁지근했다. 오월이 후텁지근하게 더운 것도 짜증이 나는데 우리 학교는 하필 이런 날 현장학습을 갔다. 돌아오던 길에 난 엄마가 있는 식당에 들러 볼까 고민하고 있었다. 이렇게 늘어지는 날은 '귀차니즘'이 발동해 집에서 혼자 밥을 먹는 것보다 엄마 식당에서 한 끼 때우고 가고 싶었다.

엄마가 일하는 그곳은 작은 식당이어서 사장 아줌마와 엄마 둘만 일을 했다. 그런데 언제부턴가 사장님은 바깥일을 보는지 엄마 혼자만 남겨 두고 가게를 비우는 날이 많다고 했다. 그때 난 그 말을 듣고 기뻤다. 엄마도 이제 그렇게 하고 싶어 하던 식당을 할 수 있는 실력이 되었다는 말이니까. 그렇게만 된다면 아빠가 하는 일이 지금처럼 잘 안 된다 해도 걱정이 하나도 없을 것 같았다.

엄마한테 가야겠다는 쪽으로 결정을 내렸다. 그곳에 가서 엄마가 해 주는 냉면을 먹으면 몸속까지 시원해질 것 같고 물밀듯이 밀려오는 짜증도 날아갈 것만 같았다.

엄마가 일하는 가게에는 역시 '냉면 개시'라는 작은 현수막이 걸려 있고 문은 열려 있었다. 얼핏 본 가게 안에는 손님이 하나도 없었다.

"사장님, 아니에요."

안으로 들어가려다가 나는 엄마 목소리에 주춤했다. 언제나 마음이 약한 엄마다. 엄마와 사장 아줌마가 마주 보고 이야기하고 있는데 아무래도 심각한 일이 벌어진 것 같았다. 좀 이따가 들어갈 생각으로 문 옆에 비켜 서 있었다.

"하리 엄마, 그럼 어떻게 된 거라는 말이야?"

엄마가 뭐라 이야기를 했지만 잘 들을 수 없었다. 지나가는 자동차 소리가 엄마와 아줌마의 목소리를 삼켜 버렸다.

• • •

"어쭈, 오늘은 뭐야? 다 큰 아가씨잖아."

저 사람이 아마도 이곳 사장인가 보다. 배가 불룩한 게 꼭 배불뚝이 같다. 들어오자마자 배불뚝이는 손가락으로 내 이

마를 힘껏 밀며 기분 나쁜 표정을 짓는다. 아마도 나한테 수치심을 느끼라고 하는 행동인 것 같다.

"너, 이번이 처음 아니지?"

"아니에요, 처음이에요."

"그걸 어떻게 믿어? 너라면 너 같은 애들이 하는 말을 믿겠냐? 얼마 전에 없어진 게임 시디도 네가 가져갔지?"

"난 모르는 일이에요."

"너 자꾸 거짓말할래? 너희 집에 가면 우리 물건 엄청 많지?"

"아니라고요, 우리 집에 가서 확인해 보세요!"

입으로는 거짓말을 하지만 머릿속에서는 이곳에서 훔친 스티커와 휴대전화 고리가 떠올랐다. 그것들은 바로 내 책상 서랍 깊숙이 있다.

"가라면 못 갈 것 같아? 맹랑한 것 같으니라고. 너 이름이 뭐야?"

"……장하리요."

"뭐, 장하리? 내 참 웃겨서. 참 장하기도 하다. 너희 부모도 네가 이렇게 도둑질하는 거 알고 있냐?"

난 아무 말도 할 수가 없다.

"너 절도가 얼마나 무서운 건지 알아? 폭행죄보다 더 무서운 죄가 절도죄란 말이야. 나도 피곤하니까 빨리 네 엄마 휴대전화 번호나 대."

난 차마 엄마 휴대전화 번호를 댈 수 없다.

"한 번만 봐 주세요, 사장님."

"안 돼. 빨리 번호나 대! 자꾸 그러면 너 학교에 알린다."

어쩔 수 없다. 이 일이 학교에까지 알려지면 안 된다. 나한테는 관심도 없는 우리 담임에게 이런 일로 나를 알릴 수는 없다. 차라리 담임보다는 엄마가 낫다.

배불뚝이는 엄마 휴대전화 번호를 받아 적더니 나간다. 그러자 다시 이곳은 조용해진다. 가끔 이곳으로 물건을 찾으러 오는 직원들은 똑같이 버릇처럼 한마디씩 하고 간다.

"똑바로 안 들어!"

조금 있으니 엄마가 온다. 날마다 보는 엄마지만 지금 이곳에서 보는 엄마는 낯설다. 엄만 교회에 갈 때 입는 차림새다. 싼 티가 팍팍 풍기는 보라색 블라우스에 디자인도 색깔 배합도 어울리지 않는 바지를 입고 있다. 사실 지금 상황에서 엄마의 옷을 보고 그런 생각을 하는 내가 더 어이없지만 촌스럽게만 보이는 엄마가 싫어 바로 고개를 돌린다.

나를 한번 쳐다본 엄마는 배불뚝이한테 고개를 숙이고 용서해 달라고 빈다. 다음부터는 절대 이런 일이 없게 잘 단속

하겠다는 말을 연거푸 한다. 배불뚝이는 물건 값의 삼십 배를 내면 용서해 주겠다고 한다. 그러자 엄마는 더욱 큰일이 난 것처럼 용서를 빈다.

'비굴하다.'

배불뚝이는 규칙이라 어쩔 수 없다면서 마치 큰 선심을 쓰는 듯 물건 값의 열 배를 내고 나를 데려가라고 한다. 아마도 배불뚝이의 욕심은 저 배 안에서 나오는 게 아닐까 싶다. 엄마는 가방에서 봉투를 꺼내 배불뚝이에게 물건 값을 배상한다. 엄마가 지폐를 세는 동안 난 바로 쳐다볼 수 없다.

'열 배라니 완전 도둑놈이다.'

사실 돈이 너무 아깝다. 엄마가 시켜서 어쩔 수 없이 배불뚝이에게 죄송하다는 말을 하고 나오지만 내 속에는 눈곱만치도 그런 마음이 없다.

캄캄한 굴속 같은 그곳을 빠져나와 매장에 들어선다. 눈이 부실 정도로 환한 전등이 나와 엄마에게 안 어울리게 느껴진다. 엄마의 뒤를 따라가면서 빨리 이곳에서 벗어나고만 싶다고 생각한다.

밖으로 나왔을 때 사람들과 차들은 뭐가 바쁜지 계속 우릴 지나쳐 가고 있다. 엄마는 나한테 할 말이 없을 거라 생각했다. 하지만 엄마는 내 생각과는 달리 참아왔던 말을 쏟아

놓는다.

"다시 일자리 구하기도 힘든데 남은 돈을 이렇게 다 썼으니 이제 어떡하니? 안 그래도 힘든 엄마한테 더 보태 주려고 작정한 거야? 도대체 왜 그러는 거야? 하리 너 그런 아이 아니었잖아."

"엄만 그 돈이 그렇게 아까워?"

돈 이야기로 가면 안 되는 건데 나도 모르게 돈 이야기를 하고 만다. 가끔은 생각과는 다르게 엉뚱한 말이 나오기도 한다.

"너 지금 무슨 소리 하는 거야? 엄마가 이 돈 벌려면 얼마나 힘들게 일해야 하는지 몰라서 하는 소리야?"

엄마가 힘들게 일하는 걸 모르지 않는 나다. 그리고 지금 어떤 대답이라도 해야 한다는 것도 안다. 엄마를 가장 화나게 하는 게 바로 이렇게 입을 꼭 다물고 있는 거라는 것도 안다. 하지만 아무 말도 하고 싶지 않다.

"뭐하는 거야? 너 말 안 할 거야?"

좀처럼 큰 소리를 내지 않는 엄마의 목소리가 높아진다. 그러자 매장 밖 벤치에 앉아 있던 연인이 깜짝 놀라 우릴 바라본다.

"쪽팔리니까 집에 가자고."

나는 뒤돌아 걸었지만 엄마는 잠깐 그 자리에 못 박힌 듯 서 있다. 그러다 빠른 걸음으로 나한테 다가온다. 엄마가 내 어깨를 잡아채 돌린다.

"하리야, 너 왜 그러는 거야?"

"……."

난 아무 말도 할 수가 없다. 불만이 있다고 해도 그건 말로 내뱉을 수 있는 게 아니다.

"도대체 뭐 때문에 그러는 거야?"

'엄마가 언제 나한테 관심 따위 가진 적 있었어?'

"하리야!"

등을 돌려 가려 했다. 그런데 엄마가 내 팔을 붙잡는다.

"나도 힘들다고. 날 좀 내버려 두라고."

이제는 쳐다보는 사람이고 뭐고 없다. 나는 바락바락 소리를 질러 댄다.

"뭐가 그렇게 힘든데?"

엄마 목소리도 지지 않는다.

"엄마가 말하면 알아?"

엄마 팔을 뿌리치고 엄마는 절대 내 불만을 알 수 없을 거라는 눈빛으로 엄마 눈을 똑바로 바라본다. 그리고 뒤를 돌아 걸어간다.

'엄만 아직도 내가 모르고 있는 줄 알았어?'

그날 차 소리가 계속 들렸다면 몰랐을 거다.

• • •

"사장님, 아니에요."

"하리 엄마, 그럼 그게 다 어디가?"

"……."

"하리 엄마, 모른다고 잡아떼기만 하면 돼? 내가 분명 다섯 개를 샀던 게 기억나는데 지금은 두 개밖에 없잖아."

"난 모르는 일이에요."

"모르는 일이라고? 그럼 누가 아는데? 하리 엄마, 내가 모르고 있는 줄 알았어? 물건들이 조금씩 줄어드는 걸 내가 모를 줄 알았냐고? 난 하리 엄마한테 한다고 한 것 같은데 이건 너무하잖아. 내가 그깟 냄비 몇 개 없어졌다고 이러는 것 같아?"

'냄비라고? 그럼 그 냄비가…….'

엄마와 사장 아줌마의 말을 들으면서 전에 학교에서 돌아왔을 때가 떠올랐다. 주방에 못 보던 냄비가 있었다. 라면 하나를 끓여 먹을 수 있을 정도로 작고 앙증맞은 냄비였기 때문에 기억했다. 그런데 엄마가 쉬는 날 엄마 친구가 찾아오고 나서 그 냄비는 보이지 않았다. 그날 엄마는 엄마 친구에게 사장님이 가게를 넘기느라 더 정신이 없다는 말을 했다.

나는 그때야 깨달았다. 비닐봉지에 담긴 고춧가루며, 조미료를 가방 속에서 꺼내는 엄마를 보고 왜 사장님이 너그럽고 좋은 사람이라는 생각만 했을까? 그게 모두 엄마가 몰래 가져온 거라는 생각을 왜 하지 못했을까? 나는 빨리 그 자리에서 도망가고 싶었다. 그런데 엄마가 울고 있었다.

"아니라고요. 정 그러시면 우리 집에 가 보세요."

엄마는 왜 일을 이 지경으로 만들었을까? 엄마는 무슨 생각으로 저런 거짓말을 늘어놓는 걸까? 더는 그곳에 있을 수가 없었다. 저 사람이 우리 엄마라는 게 싫었다.

"가라면 내가 못 갈 것 같아? 어디 경찰 불러서 같이 갈까? 내가 여태 도둑년을 키웠어."

'도둑년!'

난 그때 사장 아줌마가 하는 말을 똑똑히 들었다. 사장 아줌마는 울고 있는 엄마를 노려보았다. 무섭게 느껴질 만큼 조용한 가게 안의 분위기에 난 발걸음을 돌렸다. 집에 어떻게 갔는지도 생각이 나지 않는다.

그날 난 저녁밥을 먹지 않았다. 엄마가 몰래 가져온 것으로 만든 음식이 내 목구멍으로 넘어가지 않았다.

• • •

엄마는 더는 따라오지 않는다. 길에서 울 수는 없어 간신히 참고 왔던 눈물이 집 안에 들어서자마자 봇물이 터지듯 터진다. 우리 집을 비춰 주는 어두침침한 형광등 불빛이 아까 그곳 창고를 생각나게 한다.

'여긴 굴속이야.'

화가 난다. 형광등 불빛이 마음에 안 든다. 나도 모르게 가까이 손에 잡히는 것을 냅다 집어 던진다. 형광등이 깨지자 집 안이 캄캄해진다. 이젠 어쩔 수 없는 노릇이다.

그 순간 엄마가 들어온다. 엄마가 들어오는 것을 보고 나는 내 방으로 들어간다. 방에 들어가 문에 기대어 있다. 불을 켜지도, 주저앉지도 않고 그대로 서 있다. 시계 초침 소리가 내 귀에 와 부딪힌다. 바깥은 어둠만큼이나 조용하다. 간간이 엄마가 깨진 형광등을 치우는 소리와 울먹이는 소리가 들린다. 엄마가 또 운다. 잠시 뒤 엄마가 밖으로 나갔는지 아무 소리도 들리지 않는다.

나는 불을 켜고 책상 서랍 속에 있는 스티커와 휴대전화 고리를 꺼낸다. 그리고 창문을 연다. 보이는 거라고는 사람들이 걸어다니는 길과 작은 화단뿐이지만 바람은 시원하다. 잠깐이지만 밤바람이 날 위로하듯 내 몸을 어루만지고 내 눈물도 식혀 준다.

나는 스티커와 휴대전화 고리를 멀리 던져 버린다. 하지만 그렇게 힘껏 던졌건만 그것들은 멀리 가지 못하고 떨어진다. 내가 사는 곳이 반지하가 아니라 이 층, 삼 층이었다면 아주 멀리 날아갔을 텐데.

엄마는 분명 형광등을 사러 나갔을 거다. 하지만 새 형광등을 단다고 굴속 같은 우리 집이 환해지지는 않을 거다.

이 밤에 엄마는 안방에서, 나는 내 방에서 몸속에 있는 것을 다 내보내듯 울고 또 운다. 버릴 수만 있다면 이런 집에서 사는 나를 버리고 싶다.

# 마음속의 비밀

놀토인데 집을 나온다. 엄마는 어제 일을 생각해서인지 어디 가느냐고 묻지 않는다. 난 당당히 집을 나오지만 바로 고개가 숙여진다. 언제나 갈 데라곤 없다.

'하필 오늘 엄마가 집에 있을 게 뭐람?'

결국 내가 찾아가는 곳은 성민이와 함께 갔던 도서관이다. 도서관은 입구부터 사람이 많다. 가는 길마다 심겨 있는 나무의 잎사귀는 아침 햇살을 받아 맑게 빛나고 있다.

초록은 마음을 참 편하게 해 주는 색깔이다. 그래서 난 초록을 좋아한다. 그러자 성민이는 어떤 색깔을 좋아하는지 궁금해진다. 성민이를 생각하니 여태껏 지난날은 우중충했어도 앞으로는 저 잎사귀처럼 맑고 밝은 일만 일어날지도 모른다는 생각이 살짝 든다.

그런데 자가용을 끌고 온 가족들 때문에 가던 길을 비켜 주어야만 한다. 잎사귀 하나도 마음 놓고 보지 못하게 하는 사람들이라는 생각이 들자 화가 난다. 그중 한 차에서 내린 사람들에게 나는 최대한 불만을 표시하듯 째려본다. 하지만 그들은 알지 못한다. 차에서 내린 사람은 아빠와 아이다. 그 모습을 보자 문득 그 아이 생각이 난다.

"자, 우리 아들, 오늘 아빠랑 책 많이 보고 가는 거야."

아이는 아무 말도 없다. 아침 햇살에 눈이 부시는지 아니면 아직 잠에서 덜 깼는지 얼굴을 찌푸리고 있다. 아빠는 굳이 아이를 안을 필요도 없는데 아이를 번쩍 안아 걸어 들어간다. 내 눈에는 별로 잘나 보이지도 않는데 아들이라는 걸 자랑하고 싶은 것 같다.

그런데 그들의 뒷모습을 바라보는 내 눈에 어이없게 눈물이 핑 돈다. 아마도 사람은 너무 부러우면 그것이 속상함으로 변하는가 보다. 아빠가 생각난다. 나에게도 아빠가 있으니까.

• • •

저녁 여섯 시 반, 시계 초침 소리가 유난히 크게 들렸다. 이때부터 난 소리에 민감해져야 했다. 아빠가 오는 소리를 들어야만 했다. 아빠가 오는 소리를 못 들어서 혼이 난 적이 있었다.

"밥 줘!"

아빠가 집 안에 들어와서 제일 먼저 하는 소리였다. 난 날마다 아빠의 밥상을 차려 드렸다. 엄마가 식당에서 돌아올 때까지 아빠는 절대 못 참았다. 밥 먹자라는 부드러운 소리도 있는데 아빤 날마다 저렇게 말했다.

'내가 밥 차려 주는 기계인가?'

난 상에다 밥을 차렸다. 우리 집에 식탁이란 건 없다. 상에 반찬 그릇을 탁탁 소리 나게 내려놓으면서 나로서는 최대한 반항을 하고 있었다. 하지만 상대인 아빤 아무것도 몰랐다. 상을 들고 안방에 가서 내려놓았다.

"후유."

한숨 소리가 절로 나왔다. 반찬이 별로 없는 상이어도 무거웠다. 버릇처럼 텔레비전을 켰다. 아빠와 딸이 대화하면서 다정하게 밥을 먹는 것은 상상도 할 수 없기 때문에 아빠의 관심을 텔레비전으로 돌려놓았다. 마주 앉아 밥을 먹는데 술 냄새가 훅 끼쳐 왔다. 술을 한잔하신 것 같았다. 텔레비전에서는 뉴스가 흘러나오고 있었다. 뉴스의 내용은 잘 알 수 없지만 어느 기업가의 부인이 회사 돈을 횡령해 고미술품에 땅에 돈을 엄청 많이 썼다는 내용이었다.

"씨불, 저런 것들은 싹 잡아 처넣어야 해."

나는 아빠가 욕하는 소리가 듣기 싫었다. 많이 배우지 못해 그렇다는 걸 티내는 것 같아 싫었다. 하지만 아빠는 술에 취하면 날마다 말의 반이 욕이었다. 아빠는 밥을 먹는지 밥알을 세는지 모를 정도로 먹는 것보다 흘리는 게 더 많았다.

'아무래도 한 잔이 아니다.'

"에이 씨, 요새는 저런 것들이 더 무섭다니까."

아빠가 나한테 욕하는 게 아니라는 걸 알고 있었다. 그런데도 이상하게 심장은 방망이질을 쳤다.

나는 밥을 먹으면서 그 사람들이 횡령했다는 액수가 얼마나 될지 궁금해졌다. 물론 그 액수는 내가 생각하는 것과는 비교가 안 될 거라는 걸 알고 있었다. 그러자 누구는 헤아릴 수 없을 정도의 돈을 가지고 있는데 누구는 초라한 밥상에서 밥을 먹고 있다는 사실이 서글펐다.

그런데 밥을 먹던 아빠가 갑자기 조용해졌다. 술기운에

이젠 말을 하기도 힘이 들었나 보다. 아빠가 밥을 반이나 남겼는데 숟가락을 놓았다.

"다 드셨어요? 치울까요?"

"……."

알코올이 아빠의 온몸 구석구석까지 퍼져 아빠를 꼼짝 못하게 하고 있었다. 나는 얼른 상을 치우고 아빠 옆에 이부자리를 깔아 놓고 나왔다.

아빠는 건축 일을 한다. 처음 아빠가 건축 일을 한다는 말을 들었을 때 난 머리에 안전모를 쓰고 도면을 보면서 일을 하는 아빠를 떠올렸다. 하지만 아빠는 그 사람들 밑에서 하라는 대로, 시키는 대로 하는 사람이다. 안전모도 쓰지 않고 도면도 보지 않는다. 그런데 그나마 그 일조차도 점점 줄어드나 보다.

며칠 전 일이 떠올랐다. 아빠가 일하러 다닐 때 좋은 점 하나는 아빠가 들어왔을 때 엄마가 있기 때문에 내가 밥을 차리지 않아도 된다는 것이었다. 그날 난 이어폰을 끼고 내가 좋아하는 가수의 노래를 듣고 있었다. 그럼 내 방 밖에서 나는 소리는 하나도 들리지 않으니까. 방 밖에서 무슨 일이 일어나든지 신경 쓰고 싶지 않았다. 이어폰을 끼고 나도 모르게 노래를 따라 부르고 있었다. 그때 방문이 벌컥 열렸다.

얼마나 세게 열리는지 방문이 벽에 부딪쳤다가 닫히려고 했다. 하지만 문은 닫히지 않았다. 아빠가 그곳에 서 있었기 때문이었다.

"부르는 소리 안 들려?"

나는 얼른 이어폰을 빼고 벌떡 일어났다.

"못 들었는데요."

아빠는 화가 엄청 났는지 얼굴이 벌겋게 되어 있었다. 난 엄마를 원망했다. 잠깐 나가더라도 나간다고 이야기를 했으면 이런 일은 없었을 테니까 말이다.

아빠가 날 찾은 이유는 아빠가 쓰는 연장이 없어졌기 때문이었다. 어이가 없었다. 중학생 여자아이가 그 연장을 어디에 쓴다고 날 찾는지 이해하기 어려웠다. 엄마가 나간 것도 그 이유에서였다. 밖에 나와 보니 싱크대 수도꼭지에서 물이 새어 나오고 있었다. 빨리 잡지 않으면 안 될 것만 같았다. 그 물을 보면서 나는 내 마음속에서도 무언가 계속 새어 나오는 느낌이 들었다.

• • •

아까 입구에서 봤던 아빠와 아들이 내 앞에 걸어간다. 이제 아빠는 아이를 무동까지 태운다. 여기가 무슨 놀이동산이라도 되는 줄 아나? 참 어이가 없다.

난 종합자료실에서 책을 고른다. 책을 읽을 때는 마음이 편하다. 책 속에 빠져 있는 동안은 잠깐이라도 지금의 고통에서 벗어나는 느낌이다. 다시 책을 덮는 순간 현실로 돌아올 수밖에 없지만……. 나는 되도록 새 책을 고른다. 사람들의 손때가 많이 묻은 책은 오늘따라 괜히 싫다.

'어디에 나 같은 아이를 글로 쓴 책은 없을까?'

그런 책이 있다면 찾아 읽고 싶다. 어떻게 해결이 나는지 보고 싶다. 내가 모르는 걸까? 아님 보이지 않는 걸까? 그런 책을 찾을 수가 없다.

할 수 없이 새로 들어온 책 몇 권을 아저씨에게 건네준다. 아저씨가 바코드에 기계를 갖다 댄다. 도서관에서 책을 빌릴 때는 언제나 있는 일이다.

삐이익 삐이익.

아저씨에게서 책을 받아 나오려고 하는데 경보음 소리가 들린다. 사람들이 일제히 날 쳐다본다. 어쩔 줄 몰라 하는 내가 다시 안으로 들어서자 그 듣기 싫은 소리가 또 난다.

삐이익 삐이익.

사서 아저씨가 나한테 빠르게 다가온다.

"학생, 이리 좀 와 봐."

내 얼굴이 또 기계 소리에 반응한다. 이번에는 내가 한 일이 아닌데 왜 이러는 걸까?

"아니에요, 전 훔치지 않았어요."

사서 아저씨가 당황스럽다는 듯이 내 얼굴을 바라본다.

"알겠으니까 이리 좀 와 봐."

"제가 한 게 아니라고요."

아저씨는 더욱 어이없다는 표정을 지으며 내 손에 있는 책들을 슬며시 가져간다. 그리고 바코드를 찍는 기계에 가져다 댄다. 아저씨는 자기가 바코드를 잘못 찍은 것 같다며 미안하다고 한다.

다시 책을 받아서 나오지만, 기분이 벌레를 씹은 것만큼 더럽다. 문고에서 나를 바라봤던 사람들의 눈동자가 다시금 생각난다. 그렇게 많은 사람이 날 일제히 바라보는 일은 없었다. 그런데 그들의 눈빛과 조금 전 사람들의 눈빛이 똑같다. 하나같이 경멸감이 담겨 있는 눈초리.

집에 가기 싫어 도서관 벤치에 앉아 책을 읽기 시작한다. 내 또래의 아이들이 뭐가 그리 즐거운지 웃고 떠든다.

책장을 넘기는데 나온 지 얼마 안 된 책에 볼펜으로 물결무늬 줄이 그어져 있다. 줄은 많은 생각을 하게 만드는 문장이나 묘사가 잘된 부분에 그어져 있다. 하지만 그 줄들은 분명히 나의 책 읽기에 방해가 된다. 전에도 나는 다른 책에서 이와 같은 물결무늬 줄을 본 적이 있다. 짜증이 난다. 모두가 함께 읽는 도서관 책에 줄을 그어 가며 읽은 사람은 도대체 어떻게 생긴 사람인지 보고 싶다.

"어!"

책장을 넘기는데 한 장이 아니라 여러 장이 함께 넘어간다. 책장과 책장이 뭔지 모르는 것으로 붙어 있다. 순간 더러운 것일 거라는 생각이 든다. 식당에서 음식을 먹다가 머리카락을 발견한 것처럼 더는 책을 읽고 싶지 않다. 그래서 조금 전에 빌린 책들을 모두 다시 들고 가 반납한다. 사서 아저씨는 내가 장난을 친다고 생각했는지 표정이 안 좋다. 집으로 돌아오면서 책을 그렇게 만든 사람의 심리가 궁금해졌다.

'자신의 행동을 보는 사람이 아무도 없고, 내가 한 행동이 들키지 않을 거라는 생각이 들면 사람들은 그 순간 작은 비밀을 만든다. 그때는 양심이 발바닥을 빠져나와 땅속으로 들어가 버린 뒤다.'

집에 있기 싫어 밖으로 나왔건만 채 두 시간도 못 있었던 것 같다. 조금이라도 시간을 보내기 위해 천천히 걷는데 더운 여름이어서인지 땀만 날 뿐 어느새 집 앞이다. 바로 집으로 들어갈 수는 없다. 괜히 집 주위를 한 바퀴 돈다. 유월의 눈부시고 뜨거운 햇살은 우리 빌라를 달궈 놓을 듯이 쏟아져 내리지만 우리 집 안까지 손을 뻗치지는 못한다. 차를 주차해 놓는 작은 마당으로 우리 집 거실 창문이 나 있다. 창문으로 형광등 불빛이 보인다.

"뭐라고? 당신이 안 썼는데 왜 돈이 비어? 어디다가 썼어?"

"친구 빌려 줬어요."

나는 창문을 통해 집 안을 몰래 엿본다. 엄마는 허구한 날 선생님에게 혼나는 아이처럼 아빠 앞에 앉아 있다.

"한 푼이 새로운데 친구는 왜 빌려 줘? 당장 받아 와."

돈 때문에 엄마와 아빠가 또 싸운다. 아니 싸우는 게 아니라 한 사람이 일방적으로 혼이 난다. 늘 있는 일이다. 돈 관리에 철저한 아빠 앞에서 엄마는 언제나 저런 모습이다.

그런데 엄마는 나 때문에 돈을 썼다는 이야기는 하지 않았나 보다. 잠깐 엄마에게 미안한 마음이 들지만 금방 사라지고 만다.

이런 상황에 집에 들어가면 안 될 것 같다. 하지만 이젠 아무 데도 갈 곳이 없다. 어쩔 수 없이 계단을 내려간다. 밖은 아직 환한 낮이다. 그런데 우리 집으로 들어가는 계단은 한 계단 한 계단 내려갈수록 어두워지고 퀴퀴한 냄새도 풍겨

온다.

"다녀왔습니다."

엄마와 아빠가 하던 말을 멈추고 나를 본다. 마치 들어서는 안 되는 말을 내가 들은 것 같다. 나는 얼른 내 방으로 들어간다. 방에 들어와도 아빠의 목소리는 또렷하게 들려온다.

"당장 돈 받아 와!"

아빠가 방으로 들어가는 소리가 들린다. 엄마는 집 안에 있는 것 같은데 아무 소리도 들리지 않는다.

토요일에 이렇게 가족 모두가 집에 있는 일은 별로 없다. 다른 아이들은 놀토에 뭘 하면서 시간을 보낼까? 아빠가 텔레비전 소리를 크게 해 놓았는지 소리가 내 방까지 들린다. 텔레비전 속의 사람들은 뭐가 그리 좋아서 저렇게 크게 떠들며 웃는 걸까?

# 기억 속의 비밀

아침에 일어나니 엄마가 집에 없다. 전에 다녔던 가게보다 이곳은 출근 시간이 더 빠른가 보다. 엄마는 꼬박 열두 시간을 일한다. 아침 여덟 시까지 출근이면 저녁 여덟 시에 퇴근한다. 그렇게 하루의 반을 일해 엄마가 벌어 오는 돈은 한 달에 백이십만 원이다. 엄마는 일어나자마자 나가기 바빠서인지 평일에는 한 번도 아침을 챙겨 놓고 가는 일이 없다. 그래서 초등학교 때부터 나에게 아침이라는 것은 없었다.

사실 오늘 나는 엄마가 나가기 전에 잠이 깼다. 하지만 엄마가 갈 때까지 기다리다가 문 닫히는 소리가 나자 일어났다. 나와 엄마의 관계가 언제부터 이렇게까지 됐는지 모르겠다. 정말 모르겠다.

오늘도 칠 교시 수업을 꿀꺽꿀꺽 삼키듯 마치고 집으로 돌아온다. 집에 돌아오는 길에 나에게 달라진 것이란 아무것도 없다는 걸 느낀다. 날마다 다니는 길, 자주 보는 초등학생들, 엄마가 다니는 교회. 아직도 그 꽃이 있는지 보고 싶다. 성민이와 관계되는 그 꽃은 이제 더는 엄마가 다니는 교회에 핀 하찮은 꽃이 아니므로.

범의귀는 날씨가 더워 조금 시들었지만 아직도 꽃을 피우고 있다. 두 개의 꽃잎만 기형적으로 큰 것인지 아니면 세 개의 꽃잎이 기형적으로 작은 것인지 볼수록 알 수 없다. 내가 도둑질을 하다가 엄마한테 들킨 건지 아니면 엄마 때문에 도둑질을 하다가 들킨 건지. 희한한 꽃, 범의귀. 이 꽃처럼 내 머리는 복잡해지기 시작한다. 그럴수록 내 눈에는 범의귀가 나를 향해 말하고 있는 것처럼 보인다.

'난 다 알고 있어. 어쨌든 넌 도둑질을 했어! 너에겐 도둑의 피가 흐른다고.'

순간 꽃을 향해 손을 뻗는다. 꺾으려 한 건 아니다. 나도 모르게 손을 가져다 댄 것뿐인데 내 손이 닿기도 전에 꽃잎 하나가 파르르 떨어진다. 커다란 꽃잎이 하나만 달린 범의귀는 이제 더는 범의귀가 아닌 듯 불안해 보인다. 집에 가면서도 자꾸만 생각난다. 불안해 보여 무섭게까지 느껴지는 범의귀가 내 머릿속을 떠나지 않는다.

우리 집 빌라가 있는 골목 안에 들어서자 집 안에 불이 켜져 있는 게 보인다.

'아빠가 벌써 들어오신 걸까?'

계단을 내려가는데 현관문이 열려 있다. 나한테 들린 소리는 아빠가 틀어 놓은 텔레비전 소리가 아니다. 엄마의 목소리도 아닌 낯선 사람의 목소리다.

"하리 엄마, 어쩌려고 그랬어?"

"사장님은 뭐라고 하세요?"

"내가 나오는데 하리 엄마한테 내일부터는 나오지 말라고 전하래. 얼마나 노발대발하던지 시끄러워서 죽는 줄 알았어. 그런데 왜 그런 거야?"

"……."

"내가 하리 엄마보다 나이가 좀 많으니까 언니라고 생각하고 들어. 고깝게 생각하지 말고. 교회 다니는 사람이 그러면 안 되는 거 아니야? 내 꼴은 뭐가 돼? 하도 교회에 착실히 다녀 소개해 준 건데 이건 아니잖아."

"죄송해요."

"나한테 죄송할 건 없고 그 도벽 없애기 전에는 어디에서든 하리 엄마를 보는 일이 없었으면 좋겠어. 교회에서도 안 봤으면 해. 난 할 말 다 했으니까 갈게."

그 소리까지만 듣고 후다닥 계단을 올라왔지만 내가 전부 다 듣고 있었다는 것을 아줌마와 엄마는 내 발소리 때문에 알고 있을 거다. 아줌마는 빌라 현관에 멍청하게 서 있는 나를 힐끔 쳐다보고는 바쁜 듯 우리 집 골목을 빠져나간다. 나는 고개를 들 수 없다. '쪽팔리다'는 말은 바로 지금을 두고 하는 말이다. 나야말로 다시는 어디에서든 저 아줌마를 보는 일이 없었으면 좋겠다.

이제 더는 이대로 가만히 있을 수가 없어 성큼성큼 계단을 내려간다.

집 안에 들어가니 엄마는 또 울고 있다. 아마 좀 전에 아줌마가 있을 때부터 줄곧 울고 있었던 게 뻔하다. 이젠 엄마의 우는 모습을 보는 것도 몸서리치게 싫다.

"도대체 왜 그러는 거야? 엄마 때문에 창피해 죽겠어."

"하리야, 미안해."

"미안, 미안, 이제 그런 소리도 듣기 싫어!"

나는 내 분을 참지 못하고 발을 구르며 악을 써 댔다.

"하리야, 엄마가 너한테 할 말이 있어."

"왜? 도둑질하고 딸한테 할 변명이라도 남았다는 거야!"

"하리야……, 다 들었구나."

"그래, 다 들었어. 엄만 내가 모르는 줄 알았어? 언제까지 숨길 수 있을 거라고 생각했어?"

엄마가 내 눈을 똑바로 바라본다. 엄마의 눈엔 원망 같은 것이 서려 있다.

"그런데 왜 말 안 했어?"

"어떻게 얘기해? 엄마한테 도벽이 있다는 걸 알고 있다고 말하라는 거야?"

"그만해. 하리야."

"왜 그만해야 하는데? 엄마가 뭘 잘했는데? 듣기 싫다고 안 들으면 엄마가 한 일이 없어지기라도 해? 나는 내가 왜 남의 물건에 손을 대는지 알 수 없었는데 이젠 알겠어. 나한테 바로 도둑의 피가 흐르고 있었어. 다 엄마 때문이야!"

"그래, 엄마는 네가 뭐라고 해도 할 말이 없어. 하지만 넌 그래서는 안 돼."

"왜 안 되는데. 엄마는 도둑질을 해도 되고 나는 안 되는 이유가 뭔데?"

"그건…… 엄마는 병이야."

"뭐라고? 병이라고? 연쇄 살인범도 알고 보면 다 정신이

상이라는데 엄마도 그렇다는 거야? 칫, 이젠 도둑도 모자라서 정신병자라고?"

순식간에 엄마의 손이 날아온다. 정신이 난다. 날뛰던 몸에서 힘이 빠져 버리자 그대로 주저앉는다. 엉엉 소리를 내어 울고 싶지만 눈물은 조용히 내려온다. 엄마가 바닥에 있는 두루마리 휴지를 준다. 정말 엄마의 손을 뿌리치고 싶다. 하지만 그대로 받아 눈물을 닦는다.

"엄마도 어쩔 수가 없어."

뭘 어쩔 수 없다는 걸까? 엄마가 알 수 없는 말을 하기 시작한다.

"하리야, 처음에는 엄마도 왜 그러는지 잘 몰랐어. 그런데 일이 터져 버리면 내가 왜 그랬는지 생각을 안 할 수가 없어. 처음은 아기 젖병이었어."

'아기 젖병이라고?'

애써 잊으려 했던 그날의 기억이 떠오른다. 흐릿한 카메라 렌즈가 또렷해지듯 내 어릴 적 기억이 떠오른다.

• • •

내가 일곱 살 때였던 것으로 기억한다. 자주 다니던 슈퍼에 엄마랑 물건을 사러 갔다. 그런데 항상 동네 슈퍼에는 아줌마들이 많았다. 그날도 아줌마들은 가게 안에서 이야기꽃을 피우고 있었다. 그때 아줌마 한 분이 아기를 안고 들어왔다.

"어머 예뻐라. 몇 개월 됐어요?"

"팔 개월이요."

엄마는 물건 고르던 손을 멈추고 아기한테 다가갔다. 나는 키가 작아 아줌마가 안고 있는 아기가 예쁜지 안 예쁜지 알 수 없었다. 아줌마들 이야기를 통해서 코가 잘 생기고 볼에 살이 통통하다는 것을 알 수 있을 뿐이었다.

"아들이에요?"

모르는 사람과는 말도 잘 섞지 않는 엄마가 입을 열었다. 나는 어린 나이에도 엄마가 그 아이를 생각하고 있다는 느낌이 들었다.

"네."

"요즘은 열심히 기어 다니느라고 정신이 없겠네요?"

"예, 잠시도 눈을 뗄 수가 없어요."

엄마가 아기를 한번 안아 보고 싶어했던 것 같다. 엄마의 얼굴이 그렇게 말을 하고 있었다. 그런데 그때 아기가 뭔가에 찔린 것처럼 울기 시작했다. 당황한 아기 엄마는 빨리 집에 가야겠다며 슈퍼를 나갔다. 엄마는 한참 동안 아기 엄마가 가는 것을 지켜보았다.

"하리 엄마, 뭐해?"

슈퍼집 아줌마가 말을 걸지 않았다면 엄마는 언제까지 그렇게 멍하니 서 있었을지 모른다.

"아, 네."

엄마는 무슨 일인지 나한테 과자 하나를 고르라고 했다. 이런 일은 자주 있는 일이 아니었다. 나는 이 과자 저 과자 봉지를 들었다 놓았다 하며 더 맛있을 것 같은 과자를 골랐다. 그러는 동안 엄마도 물건을 고르고 있었다. 나는 비스킷에 초콜릿이 잔뜩 묻어 있는 과자를 골랐다.

"하리야, 다 골랐으면 빨리 가자."

그때 엄마의 바지 주머니가 조금 불룩한 걸 보았다. 바로 내 눈높이였다. 하지만 별로 신경 쓰지 않았다. 엄마가 내가 고른 과자를 보고 아무 말도 하지 않았으니까.

"얼마죠?"

"하리 엄마, 뭐 급한 일이라도 있어? 계산을 해야 얼만지 알 것 아니야?"

아줌마는 이것저것 계산을 해 보더니 엄마를 빤히 쳐다보았다. 곧 아줌마의 시선이 엄마의 바지 주머니로 향했다.

"하리 엄마, 주머니에 있는 건 뭐야?"

아줌마는 아무 일도 아니라는 듯 물었지만 엄마는 갑자기 온몸의 피가 다 얼굴에 쏠리듯 얼굴이 빨개졌다. 우물쭈물 어쩔 줄 몰라 하는 엄마 앞에서 나는 가만히 서 있었다. 엄마가 주머니에서 꺼낸 것은 작은 아기 젖병이었다.

그다음은 기억이 나질 않는다. 어떤 책에서 사람은 자기가 기억하고 싶은 대로만 기억한다는 글을 본 적이 있다. 그때 엄마가 어쩔 줄 몰라 하고, 슈퍼 아줌마가 엄마에게 뭐라 하고, 엄마는 울며 미안하다는 말을 계속했을 것이다. 분명 엄마는 딸 앞에서 엄청난 창피를 당했을 텐데 나는 기억이 없다. 생각하기도 싫은 그 과거를 나는 내 기억 속에서 깨끗이 도려내 버렸던 것이다.

• • •

"하리야, 남자 아기를 보는 날은 어김없이 일을 저지르고 말아."

"남자 아기가 엄마랑 무슨 관계가 있는데?"

말은 그렇게 했지만 엄마가 아직도 그 아이를 생각하고 있다는 것을 안다.

"너는 그때 너무 어려서 기억을 못할 거야. 사실…… 너한테는 남동생이 있었어.”

엄마는 어떻게 내가 기억하지 못할 거라 생각하는 걸까? 나한테 하나밖에 없는 동생이었는데. 엄마 배가 불러 있었을 때 난 그 아이가 빨리 태어나길 바랐다. 엄마가 병원에 아이를 낳으러 가던 날도 또렷이 기억한다. 하지만 엄마는 끝내 그 아이를 집으로 데려오지 못했다.

시간이 흐를수록 난 병원에만 있는 그 아이에 대해 별로 신경 쓰지 않았다. 이모네 집에 살면서 사촌 언니가 가지고 있는 으리으리한 인형의 집에 마음을 다 빼앗기기도 했지만 언제까지 그 아이는 병원에 있을 거라는 생각을 하고 있었다.

“그 아이가 아직 있다면 너하고 여섯 살 차이니까 초등학교 일 학년일 거야.”

“엄마, 그 아이는 죽었…….”

갑자기 엄마의 눈빛이 금방이라도 날 잡아먹을 것 같이 무섭게 변한다.

“그렇게 말하지 마!”

방금 난 죽었다는 말을 입 밖으로 내뱉으면 안 된다는 것을 알게 되었다. 하지만 팔 년 동안 엄마 아빠가 감춰 왔던 진실을 오늘은 꼭 들어야만 할 것 같다.

“그 아이는 어떻게 된 거야?”

갑자기 엄마는 불안해하며 떨기 시작한다. 그런 엄마를 보며 정말 엄마에게 정신병이 있는 게 아닌가 하는 생각이 들자 오싹 소름이 돋는다.

"다 네 아빠 때문이야!"

엄마는 분을 못 참고 소리를 지른다.

"아빠가 왜?"

"너희 아빠가 괜찮다고 했어. 조금만 기다리라고 했어. 그런데 그게 아니었어. 어떻게든 빨리 돈을 마련해야 했는데……. 네 동생은 선천성 심기형이었어. 병원에선 하루라도 빨리 수술을 해야만 한다고 했어. 그런데 너희 아빠가……. 너희 아빠도 그렇게 될 줄은 몰랐겠지. 아니, 너희 아빠는 아기한테 그렇게 큰돈이 들어가는 걸 용납하지 못했던 거야."

"그럼 지금, 엄마는 아빠가 돈이 아까워서 아기를 죽게 내버려 두었다는 말이야? 그게 말이 돼? 나는 엄마를 이해할 수가 없어. 아무리 아빠가 마음에 안 든다 해도 아빤 엄마의 남편이고 나한테는 아빠야. 그런데 어떻게 내 앞에서 그렇게 말할 수가 있어?"

"그 아이는 한번 걸어 보지도 못하고 내내 병원에 있다가……."

"그만해. 듣기 싫어. 이젠 알 것 같아. 엄마가 왜 나한테 그렇게 대했는지."

"하리야, 무슨 소리야? 엄만 그 아이와 널 똑같이 생각해."

"거짓말. 엄마한테 난 아무것도 아니었어. 엄만 늘 그 아이만 생각하며 살아왔잖아. 똑똑히 얘기하겠는데 그 아이는 이제 없어. 죽었다고."

"하리야, 그만해."

"아니, 난 좀 더 얘기해야겠어. 엄마가 그 아이를 잊지 못하고 살았던 팔 년 동안 나는 어땠을 것 같아? 엄만 그 아이만 보이고 나는 보이지 않았어? 내가 세상에서 가장 부러워하는 게 뭔지 알아? 엄마랑 아빠랑 손잡고 다정하게 걸어가는 아이라고."

그때 아빠가 열쇠로 문을 딸각 따고 들어오는 소리가 들린다. 아빤 엄마와 나를 번갈아 바라본다. 아빠는 우릴 똑바로 보고 싶을 거다. 하지만 아빠의 눈은 술 때문에 풀어져 있다.

"뭐야, 엄마랑 딸이랑 싸우기라도 한 거야?"

"아니에요, 별일 아니에요."

방으로 들어가는 내 뒤통수에 부딪힌 엄마의 별일 아니라는 말, 난 따지고 싶다. 엄마에게 별일은 도대체 뭐냐고 따지고 싶다. 그리고 엄마 아빠에게 나한테만 없는 가족을 다시 돌려놓으라고 바락바락 악을 쓰고 싶다.

하지만 난 그대로 내 방에 들어간다. 방에 앉아 생각한다. 생각하면 할수록 화가 치밀어 오른다. 그래서 처음으로 집을 나가야겠다는 생각을 한다. 또 죽어 버려야겠다는 생각도 한다. 그러나 이건 모두 생각으로만 그친다. 난 나가서 지낼 만한 곳도 없고 어떻게 죽어야 하는지도 모른다.

# 털어놓고 싶은 비밀

아침에 일어났을 때 날 괴롭힌 건 어제 있었던 일이 꿈이 아니라 현실이라는 것이다.

어젯밤 나는 언젠가 친구에게서 들었던 말이 떠올랐다. 어떤 사람이 엄마가 오토바이를 사 주지 않는다는 이유로 크게 다투고 방에 들어가 수십 년 동안 나오지 않았다는 이야기다. 그땐 그 이야기가 참 터무니없다는 생각이 들었는데 어제는 나도 다시 방문을 열고 나오는 일이 없을 거라는 생각을 하며 잠이 들었다. 하지만 나는 그 사람처럼 할 수 없다. 난 지극히 평범한 열네 살이라는 걸 알고 있다. 다시 엄마와 말을 하지 않고 살 수는 있을 것 같다. 이 일이 있기 전에도 난 엄마와 대화를 거의 나누지 않고 살았으니까.

갑자기 그 아이 생각이 난다. 나한테 엄마의 사랑을 송두리째 빼앗아 간 그 아이 말이다. 만약 환생을 해서 지금 살아 있다면, 어디서든 한번 만날 수만 있다면 이젠 돌려 달라고 말하고 싶다. 엄마도 나도 '그 아이'라고 부르는 내 동생에게.

아마 수십 년 동안 방에 들어가 나오지 않았다는 그 사람은 학생은 아니었을 거다. 난 학교에 가야 한다.

"하리야, 밥 먹고 가."

지금 나한테 보이는 건 우리 집 현관문뿐이다. 아무 소리도 들리지 않는다. 어떤 것에도 내 눈길을 주고 싶지 않다. 나가면서 현관문을 되도록 크게 소리가 나도록 닫는다. 앞으로도 계속 이렇게 할 거다. 현관문이 부서지지 않는 한, 아니 부서지면 부서지는 대로 나는 엄마에게 나를 보여 줄 거다.

'똑똑히 봐. 이젠 내 차례야.'

그런데 그 악들은 다 어디로 갔는지 학교 가는 길에 몸에서 기운이 빠져나가는 걸 느낀다. 한 발 한 발 내딛지만 마치 진창에 발이 빠지는 것처럼 다리가 무겁다. 학교에 도착하니 식은땀까지 흐른다.

"장하리!"

성민이다. 내가 필요할 때 싸늘했던 성민이다.

“너 어디 아프냐? 완전 헐랭해 갈곤.”

“아니, 좀 피곤해서 그래.”

“그런데 소식 들었어?”

“무슨 소식?”

“그 뒤에 앉아 있는 애 있잖아. 이름이 예지인가?”

“예주야. 그런데 예주가 왜?”

“사고 났대.”

“뭐, 사고? 무슨 사고인데?”

“글쎄 오토바이랑 쾅 했다나 봐.”

쾅 하는 소리를 내면서 성민이는 두 주먹으로 힘껏 부딪치는 시늉을 한다. 갑자기 성민이의 행동이 눈에 거슬린다. 예주를 좋아하진 않아도 사고가 났으면 분명히 많이 다쳤을 텐데 저렇게 행동하는 성민이가 너무 가벼워 보인다.

“넌 지금 우리 반 아이가 다쳤다는데 그런 장난을 하고 싶니? 도대체 너 언제까지 초딩같이 행동할 건데?”

“뭐라고? 너 말 다 했어?”

나는 성민이의 말을 무시하고 앞서 걷는다. 사실 진짜 화가 나는 건 너의 초등학생 같은 행동이 아니라 내가 필요할 때 나타나지 않은 것 때문이라는 말을 털어놓지 못한다. 그런데 성민이가 뒤에서 내 어깨를 잡아 돌린다.

"왜?"

난 성민이를 똑바로 바라본다. 성민이도 나를 똑바로 바라본다. 우린 그렇게 서로 노려보고 서 있다.

"됐다, 됐어."

성민이는 더 상종할 가치도 없다는 듯이 나를 두고 먼저 걸어간다. 성민이조차 엄마 아빠처럼 날 무시하는 것 같아 바닥에 몸을 지탱하고 서 있기도 힘들다. 그냥 주저앉고만 싶다.

교실에 들어가서 나는 예주가 왜 다쳤는지를 듣는다. 예주는 또 물건을 훔치다가 발각되었다고 한다. 놀란 예주가 뛰어서 달아나는데 그만 옆에서 달려오는 오토바이를 피하지 못했다는 거다. 그런데 예주가 다친 것만이 문제가 아니었다. 사고가 나서 휴대전화까지 망가지자 예주가 병원에 갔을 때 보호자에게 연락할 길이 없었던 문고 사장은 예주 가방에 있는 다이어리를 보고 학교에 전화를 했다. 학교에서 모든 걸 알아 버린 거다.

'예주가 모든 사실을 털어놓아야 한다면 그렇다면 어쩜 나도…….'

애써 숙제를 했는데 안 가져온 걸 깨달은 것처럼 내 가슴은 덜커덕 소리를 낸다. 지금 예주를 걱정할 때가 아니다. 내가 더 걱정이다. 어쩌면 나에 대한 모든 사실이 알려질지도 모르는 일이다. 예주에게 가 봐야만 한다.

예주와 친하게 지내는 다른 반 아이를 찾아가 예주의 집을 알아냈다. 찌뿌드드한 몸을 이끌고 찾은 예주의 집은 내가 생각한 것과는 달라도 너무 다르다. 언젠가 '당신이 사는 곳이 당신을 말해 줍니다.' 라는 아파트 광고 문구를 보며 그렇다면 우리 가족이 사는 이런 굴속 같은 곳은 도대체 뭘 말해주는가 싶어 적잖이 흥분을 했던 나였다. 그때 날 비참하게 만들었던 텔레비전 광고 속의 아파트가 바로 예주의 집이다.

분명 예주 같은 아이는 어렵게 살 거라고 생각했다. 돈이 없어서 가지고 싶은 걸 갖지 못해 훔치는 거라 생각했다. 하지만 내 생각은 보기 좋게 케이오 패 당한다. 보통 아파트들보다 더 세련미가 넘치는 이곳은 언뜻 보면 아파트라기보다는 도심의 빌딩을 보는 것 같다. 사람의 손이 많이 간 회양목과 화단에 정성스럽게 심긴 꽃들을 보면서 나는 애써 이 아파트의 단점을 찾으려 한다.

'너무 인위적이야. 그래서 숨이 막혀.'

나는 예주가 사는 동을 찾으려고 한참 아파트 안을 돌아다닌다. 그러다 정원에서 배드민턴을 치는 아이들을 본다.

그 아이들의 눈부시도록 하얀 운동화가 내 눈에 들어온다. 내 운동화를 내려다본다. 언제 빨았는 지 알 수 없는, 곧 의류 함으로 들어가야 할 것 같은 내 운동화……. 그러자 나도 모르게 가슴속 깊은 곳에서 한숨이 뿜어져 나온다.

드디어 예주가 산다는 동을 찾았다. 아파트는 현관에서부터 개미 새끼 한 마리 들어가지 못하게 굳게 닫혀 있다. 이곳에 사는 사람들은 무엇을 그렇게 꽁꽁 숨기고 있는 것일까? 이중 삼중으로 자신들을 보호해야만 하는 게 과연 뭘까? 문이 열리면 따라 들어가려고 기다리는데 아무도 드나드는 사람이 없다. 날 계속 이상하게 쳐다보는 경비 아저씨 때문에 예주의 집 호수를 누른다.

"누구세요?"

기계를 통해 사람 목소리가 들려온다.

"예주 친구인데요."

안으로 들어가 엘리베이터가 내려오기를 기다리면서 그냥 돌아갈까 생각한다. 무작정 찾아간 난 무슨 말을 어떻게 해야 할지 준비도 하지 않았다. 하지만 그냥 돌아갈 수는 없다.

어느새 나는 예주 집 문 앞에 서 있다. 또 한 번 벨을 누르자 안에서는 아무 소리도 없이 문이 열린다. 문을 살며시 열고 들어가니 집 안은 쥐 죽은 듯 조용하다. 거실 한쪽에서 빨간 고무장갑 때문인지 눈에 띄게 하얀 걸레를 든 아줌마가 자신의 키보다 훨씬 큰 화초의 먼지를 닦고 있다.

"안녕하세요? 예주 친구 하리인데요."

"들어가 봐요. 방에 있어요."

집 구조가 낯설어 어디로 가야 할지 갈피조차 잡을 수 없는 나는 아줌마의 도움을 받아야만 한다.

"저기, 예주 방이 어디예요?"

아줌마는 걸레를 든 손 그대로 일어나 걷는다. 아줌마를 한참 따라가니 굳게 닫힌 진한 갈색 문이 나타난다. 아줌마는 손가락으로 문을 가리키고 다시 되돌아간다.

똑똑똑.

"들어와."

예주의 방문을 연다. 오후의 햇살은 예주를 바로 볼 수 없게 한다. 문을 닫고 안으로 들어선다. 그제야 한쪽 다리에 깁스를 한 예주가 보인다. 예주는 침대에 있지만 누워 있지는 않다.

"괜찮아?"

"넌 내가 괜찮아 보이니?"

"아니, 그런 게 아니라……."

"왜 왔어? 이제 난 그 학교 안 다닐 건데. 차라리 잘됐어.

그런 거지 같은 학교는 이제 꼴도 보기 싫어."

"무슨 소리야?"

"문제아들이 문제를 만들면 전학을 가야 한다는 걸 모르고 있었다는 거니?"

사실 난 모르고 있었다.

"어디로 가는 거야?"

"정해지는 대로."

"한 번 더 용서를 빌 순 없는 거야?"

"비굴해!"

"그래도 전학 가는 것보다는 낫잖아? 다른 학교에서 적응하기도 힘들 테고……."

"넌 한 가지만 생각하니? 아이들 시선은 어떻게 견디라고. 안 그래도 내가 지나가면 무슨 다른 세계에 사는 사람인 것처럼 쳐다보던 아이들인데. 그리고 그 엄마들이 가만히 있을 것 같아? 세상에서 가장 소중한 자식이 공부하는 교실에 도둑질하는 아이가 있다면 엄마들이 그냥 넘어갈 것 같냐구? 엄마들 때문에라도 난 어쩔 수 없어. 학교는 한 번 실수하면 끝이야. 두 번째 기회라는 건 없어."

"그럼, 언제 가는데?"

"왜? 그전에 내가 네 얘기를 할까 봐 걱정되니? 걱정할 것 없어. 난 비겁한 사람은 누구보다 싫어하는 사람이니까."

나는 아무 이야기도 말아 달라는 말을 하지 못한다. 그리고 문구점에서 네가 나한테 스티커를 던지고 갔던 게 바로 비겁한 행동이었다는 말도 하지 못한다. 그때 아줌마가 과일주스를 들고 들어온다.

"고맙습니다."

예주의 뜻밖의 말 때문에 나는 눈을 동그랗게 뜨고 예주를 바라본다. 내 눈은 엄마가 아니었어? 라고 묻고 예주도 아니라는 말을 눈으로 해 준다. 아줌마가 방을 나간다.

"엄만 바빠."

예주를 따라 생과일주스를 마신다. 그런데 주스 속에서 복숭아 향이 느껴진다. 난 복숭아 알레르기가 있다. 그래서 복숭아털만 봐도 몸에 소름이 돋는다. 하지만 꿀꺽꿀꺽 마신다. 다 마셔 없애 버리고 싶다. 컵의 바닥이 보일 때까지 마시고 나자 순간 뭐든지 할 수 있을 것 같다.

"예주야, 하나만 물어봐도 돼?"

"뭔데? 엉뚱한 질문만 하지 말아 줘."

"넌 왜 남의 물건을 훔쳐?"

"넌? 넌 왜 그런데?"

난 아무 말도 할 수 없다. 왜 내가 물건을 훔쳤는지 나조차도 알 수 없어서다. 예주가 주스가 반이나 남은 잔을 쟁반에 내려놓는다.

"난 부모님이 없어."

"무슨 소리야? 아까 엄마는 바쁘다며."

"맞아. 우리 엄마는 바빠. 우리 아빠도. 그리고 우리 엄마는 엄마로서 완벽해. 물론 우리 아빠도 그래."

"그런데 뭐가 문제야?"

"엄마 아빠가 따로따로야."

그때 예주의 휴대전화가 울린다.

"예, 아줌마. 괜찮아요. 아빠가요? 그럴 필요는 없는데. 내일은 집에 안 있을 거예요. 예, 안녕히 계세요."

예주가 전화를 하는 동안 난 예주 말이 이해되지 않는다. 엄마 아빠가 있고 이런 으리으리한 집에 사는 아이가 뭐가 부족해서 물건을 훔치는지 이해할 수 없다. 전화를 끊자 예주는 휴대전화를 침대 멀리 던져 버린다.

"아빠 애인이야. 물론 엄마도 애인이 있어. 내가 우리 엄마와 아빠가 따로따로라고 말했지? 하지만 이혼은 안 한대. 다 나 때문이라는데 그건 순 거짓말이야. 자기들에게 최상이니까 그런 거겠지."

"난 잘 이해가 안 돼."

"엄마와 아빠는 처음부터 맞지 않았대. 그냥 할머니 할아버지들이 정해 준 대로 결혼을 해서 나를 낳은 거래. 참 웃기지 않니? 난 부모님의 축복 속에서 태어난 게 아니라 할머니 할아버지들에게 정상적인 부부라는 걸 보여 주기 위한 위장이었어."

갑자기 예주가 쓰고 있는 소설이 생각난다. 지금의 모습과는 다른 자신을 예주는 소설 속에서 만들어 가고 있었던 거다. 나는 예주의 말을 더 들으면 안 될 것 같다. 이야기를 계속 들으면 더 힘들어질 것 같다. 아직 엄마한테 받은 충격도 가시지 않았는데 자꾸만 감당하기 어려운 이야기를 들어야 하는 난 예주의 입을 막고만 싶다.

"뺏리는 건 분명 나쁜 거야. 하지만 견딜 수 없을 때가 있어. 다른 사람들에겐 다 있는 게 나한테 없다고 느껴질 때는 다른 걸 훔쳐서라도 없는 걸 채워야만 해."

"그러다 걸리면 어떡해?"

"그런 생각은 안 해. 걸리면 문제가 생길 거라는 생각보다 훔치고 싶다는 마음이 결국엔 이기고 말아. 그런데 넌 왜 이런 걸 나한테 묻는 거야?"

예주의 말을 들으니 얼마 전 문고에서 걸렸던 때가 생각난다. 아직도 그날 내가 했던 행동이 견딜 수 없어서 그랬는지 아니면 엄마에게 똑똑히 보여 주려고 일부러 그랬는지 알 수 없다. 하지만 예주가 말하는 견딜 수 없을 때가 어떤 때를 말하는지는 알 것 같다.

순간 집에 누가 찾아왔는지 벨 소리가 들린다. 이어서 아줌마 발소리가 들려온다.

"예주야, 학교 친구라는데?"

"예, 아줌마."

더 있을 이유가 없다. 이 자리를 피할 수 있는 좋은 기회다.

"난 가 봐야겠다."

"그럴래?"

방문을 열고 나갈 때 마주친 얼굴은 예주 집을 물어봤을 때 가르쳐 준 아이의 얼굴이다. 우리는 같은 학교에 다니는 데다가 아까 잠깐 보기까지 했는데도 서로 빤히 쳐다만 볼 뿐 인사를 하진 않는다. 그 애가 방에 들어가면서 열었던 문이 닫히기 전에 목소리가 들려온다.

"재는 왜 온 거래?"

"몰라 나도."

예주의 목소리가 똑똑히 들린다. 내가 왜 왔는지 모르다니 그러면서 자기의 속 이야기까지 다 했다는 말인가? 참 알 수 없는 아이란 생각이 든다. 하지만 예주의 집을 나와 걸으면서 생각한다. 예주는 나한테 비밀을 털어놓고 싶었던 거다. 엄마가 나한테 다 털어놓았듯이 예주도 그렇게 하고 싶었던 거다. 전에 텔레비전에서 사람들이 정신과를 찾는 이유는 자신의 이야기를 털어놓고 싶어서라는 이야기를 들은 적이 있다. 그 사람들은 자기만이 알고 있는 비밀을 털어놓음으로써 벌써 반은 치유된다는 것이다. 그럼 나는 누구에게 내 비밀을 털어놓아야 하는 걸까? 내 이야기에 귀 기울여 들어줄 사람이 단 한 명이라도 있을까?

집에 돌아와 컴퓨터를 켜고 '도벽'이라는 말을 검색창에 써 넣는다.

질병분류상 충동조절장애의 하나로 분류된다. 도벽이 있는 사람은 훔치고자 하는 충동을 억제하기 어려우며 충동을 억제할수록 오히려 정신적인 긴장은 더 커진다. 훔친 물건이 그 사람에게 중요한 어떤 것을 의미하기도 한다. 정신치료가 도움이 되기도 하나 절도죄로 체포되거나, 체포될 것을 두려워하여 생기는 불안이나 우울과 관련해서 정신과 의사의 치료를 받기 전에 도움을 구하는 도벽광은 드물다.

컴퓨터 모니터를 바라보면서 애써 아니라고 변명을 해 보지만 우리 엄마는 도벽광이다. 그 사람에게 중요한 어떤 것을 의미한다는 글을 볼 때 엄마와 예주가 한 말들이 떠오른다. 어떻게 알게 됐건 이제 나는 엄마와 예주에게 중요한 어떤 것이 무엇인지 안다. 그렇다면 나에게도 중요한 어떤 것이 있다는 말일까? 머릿속에 물음표가 열 개, 스무 개 그려진다.

# 밝혀지는 비밀

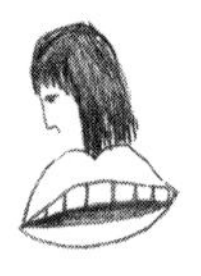

길을 가다가 문득 올려다본 나무들은 어느새 내가 좋아하는 진초록으로 바뀌어 있다. 우린 오늘 기말시험 범위가 복사된 누런 종이를 받았다.

그날 이후 예주가 학교에 나오지 않고 있지만 담임은 한 마디도 하지 않는다. 아마도 전학을 간 것 같다고 아이들끼리 수군댈 뿐이다. 나도 예주가 언제 전학을 갔는지는 알 수 없다. 그날 이후로 예주에게 연락을 해 보지 않았으니까. 사실 이제 예주와 연락 같은 건 하고 싶지 않다. 그렇게 예주는 나한테서, 우리한테서 잊혀 간다.

우리 반에 나와 성민이와 예주만 있다고 생각했는데 이젠 예주도 없고 성민이도 없는 것 같다. 그날 예주 때문에 실랑이를 벌이고 난 다음부터 성민이는 나한테 냉담했다. 그렇다고 내가 먼저 성민이에게 말을 걸고 싶지는 않았다. 하지만 이렇게 성민이와 지내는 것이 더 힘들었다. 아직 성민이를 좋아하는 마음은 변하지 않았으니까. 그리고 어떻게든 한 명 정도는 내 편이 있어야 한다고 생각했다. 비록 내 편에게 나에 대한 이야기를 모두 털어놓을 수 없고 그래서 내가 얼마나 힘든지 그 사람에게 말할 수 없더라도 나에게는 도와줄 사람이 필요했다. 그래서 난 성민이에게 그때는 내가 너무 민감했던 것 같아 미안하다는 문자를 보냈다. 하지만 성민이 화가 풀리는 데는 시간이 좀 걸렸다. 이틀하고 세 시간.

나도 미안
그런 의미에서 콘
서트 어때?

나는 지금 성민이를 만나러 간다. 그것도 우리를 연결해 준 가수가 나오는 콘서트를 보러 간다. 좀 어색하기도 하겠지만 모든 건 내가 만들어 가는 거다. 어쩌면 모든 스트레스를 다 날려 버리고 새롭게 시작할 수 있을지도 모르겠다. 사실 성민이가 콘서트에 가게 된 이유는 앞으로 기말고사 준비로 성민이 엄마가 채찍을 마구 휘두르려면 먼저 당근이 필요하기 때문이란다. 우린 벌써 문자로 모든 스트레스를 날리고 오자는 각오를 다졌다.

그런데 문제가 하나 있다. 콘서트가 너무 늦게 끝난다. 열두 시가 넘어서 끝나 버스도 없다. 그리고 성민이 엄마는 내가 아닌 희선이와 함께 가는 줄 안다. 성민이는 엄마가 끝나는 시간에 맞춰 데리러 온다고 했다는데 난 어떻게 해야 할지 모르겠다. 아빠를 부를 수도 엄마에게 말할 수도 없다. 그렇게 하기가 싫다. 성민이가 자기 엄마한테 잘 이야기해서 같이 타고 오자고 말했지만 난 성민이 엄마를 만날 자신이 없다. 학교에서 한 번 본 성민이 엄마는 말 한마디 붙이기도 무서운 인상이었다.

'잘 모르겠다. 어떻게든 되겠지 뭐.'

성민이와 만나기로 한 장소다. 멀리 지하철역 입구에 서 있는 성민이가 보인다. 성민이와 눈이 마주치면 쑥스러울 것 같아 나는 괜히 엄마와 함께 지나가는 아이에게 눈을 돌린다. 그러다가도 흘끔 성민이를 바라본다. 성민이는 보라색 남방에 흰 바지를 입고 있다. 멀리서 봐도 역시 성민이는 눈에 띈다.

"안녕? 장하리."

"안녕?"

인사에 어색함이 물씬 풍긴다. 그만큼 성민이와 내 사이가 멀어진 것 같아 쓴 약을 삼킨 것같이 속이 쓰리다. 하지만 앞으로 다시 잘 지내면 된다. 문제 없다.

우린 지하철을 타기 위해 역 안으로 들어간다. 순간 휴대전화를 꺼내 시간을 본다.

'까딱하다가는 아빠를 만날지도 모르겠다.'

하지만 이건 단순히 생각일 뿐이다. 이런 데 신경 쓸 때가 아니다. 저 멀리서 환한 빛을 내뿜으며 나와 성민이를 데려다 주기 위해 열차가 들어오고 있다. 비록 많은 사람이 함께 타는 지하철이지만 나한테는 연예인들이 타는 밴보다도 멋져 보인다.

그런데 이게 뭐람! 가끔 단순한 생각이 현실이 되기도 한다. 열차가 멈추고 채 문이 열리기 전에 나는 아빠가 열차 안에 서 있는 걸 본다.

난 잽싸게 고개를 돌린다. 문이 열리고 아빠가 내린다. 아빤 오늘도 한잔했는지 기우뚱거린다. 중심을 못 잡은 아빠가 성민이와 부딪힌다. 다행히 아빠는 날 못 본 것 같다.

"아우 씨!"

성민이는 내 아빠인 줄 모르고 그랬을 거다. 아빠는 성민이를 한번 쳐다보지만 왜 쳐다보는지 알 수 없다. 문이 닫히자 이번에는 내가 안에서 아빠를 바라본다. 열차가 서서히 움직이면서 난 똑똑히 본다. 아빠가 계단을 올라가다 말고 주저앉아 있다.

"아우 씨. 짱나. 아직 날도 훤한데 뭐하는 아저씨야? 눈을 어디다 두고 다니는 거야?"

"무슨 일이 있나 봐. 기운도 하나 없고."

"난 저런 사람들이 제일 싫어. 날마다 술 먹고 몸도 못 가누고."

"아무래도 무슨 일이 있나 봐."

"일은 무슨? 아마 저 사람도 막노동판에서 일하는 사람일 거야. 아까 부딪혔는데 땀 냄새랑 술 냄새가 얼마나 범벅이던지."

성민이가 아빠와 부딪힌 팔을 들어 나한테 냄새가 배지 않았는지 맡아 보라고 한다.

"무슨 냄새가 난다고 그래? 아무 냄새도 안 나."

아무 냄새도 나지 않는다고 말했지만 난 그 냄새가 뭔지 안다. 힘든 노동으로, 고통으로 찌든 아빠의 냄새를.

"저런 사람들한테도 가족이 있겠지. 가족들이 불쌍하다, 불쌍해."

더는 성민이의 꼴을 두고 볼 수가 없다.

"너 말이 너무 심한 거 아니야? 네가 뭘 안다고 그렇게 함부로 지껄이는데?"

"지껄이다니?"

"그럼 지금 네가 지껄인 게 아니고 뭔데?"

"뭐? 얘가 또 사람 열 받게 하네. 별일도 아닌 것 같고 넌 왜 그렇게 흥분하는데? 저 사람이 네 아빠라도 되냐?"

"그래, 내 아빠다!"

목소리가 커지자 사람들이 우리를 쳐다본다. 성민이와 난 바로 입을 다물었지만 내 안에 가라앉아 있던 화는 소용돌이치며 떠다닌다. 때문에 눈앞에 보이는 것이 없다.

열차가 두 개의 역을 지나치도록 우린 아무 말도 안 한다. 그 사이 난 어떻게든 화를 가라앉혀야만 했다. 그때 내 옆에서 있는 아줌마가 다른 아줌마에게 시간을 묻는다. 그 아줌마는 일곱 시라고 대답한다. 그 소리를 듣는 순간 난 이렇게 자정이 될 때까지 성민이와 함께 있을 자신이 없어진다.

"난 아무래도 오늘 안 가는 게 낫겠어. 다음 역에서 내릴게. 그리고 너랑 나랑은 맞는 것보다 안 맞는 게 더 많은 것 같아. 이쯤에서 그만 만나는 게 좋겠다. 미안해."

열차가 서자 난 성민이를 보지도 않고 내린다. 나를 따라 내리는 사람이 없는 걸 봐서 성민이는 내리지 않았다는 걸 안다. 열차가, 아니 성민이가 가 버릴 때까지 난 뒤돌아 있다.

지상으로 나 있는 정거장에는 사람이 없다. 벤치에 자리를 잡고 앉는다. 그러자 참았던 눈물이 쏟아져 내린다. 나를 붙잡지 않은 성민이 때문인지 아님 초라한 아빠를 성민이한테 들켜서인지 알 수 없지만 눈물은 자꾸만 흘러내린다. 역 밖에 보이는 주황빛 가로등이 더 슬퍼 보여 나는 울고 또 운다. 얼마나 울었는지 눈이 아프고 코도 꽉 막혔다.

열차가 또 들어온다. 열차에서 내린 아줌마와 아이가 날 힐끔 쳐다본다. 벌써 몇 번째인지 모르겠다. 이제 집에 가야겠다. 시간이 얼마나 흘렀을까? 성민이에게 그만 만나자는 말을 쏟아놓은 게 한 시간도 지나지 않은 것 같은데 나에게는 이 시간이 너무 길고 버겁다.

집에 가까이 오자 아빠 생각이 난다. 도대체 왜 그러고 있었던 걸까?

집에는 엄마도 아빠도 없다. 안방에는 아빠가 아까 입고 있던 옷이 옷걸이에 걸려 있다. 땀에, 술 냄새에 절어 축 처진 채 걸려 있는 옷을 보니 아빠가 축 처져 있는 것 같아 마음이 아리다.

하지만 그 마음도 잠시, 내 방에 오니 그러면 안 된다는 걸 알면서도 성민이에게 문자를 보내고 싶어진다. 무슨 말이든지 해야 할 것만 같다. 하지만 휴대전화만 만지작거릴 뿐 어떤 말도 떠오르지 않는다. 그 순간 엄마한테서 전화가 온다.

"하리야, 엄마 지금 곧 집에 갈 테니까 준비하고 있어. 큰아버지가 돌아가셨대."

"뭐? 정말이야?"

"한 십 분쯤 걸릴 거야."

"알았어."

전화를 끊자 성민이에게 문자를 안 보내길 잘했다는 생각이 든다. 이제야 아빠가 아까 왜 그러고 있었는지 알 것 같다.

난 가끔 만나는 큰아버지와 큰어머니를 볼 때마다 아빠와 엄마를 보는 것 같았다. 아빠는 큰아버지와 닮은 게 참 많았다. 아빠가 노동일을 시작한 것도 다 큰아버지가 알아봐 주었기 때문이었다. 아빠가 돈에 안달하는 것도 큰아버지를 닮아서이다. 그래서 난 큰아버지가 좋지만은 않았다. 그런 큰아버지가 돌아가시다니, 그것도 갑자기.

엄마와 함께 찾아간 큰아버지 장례식장은 서울 외곽에 있는 작은 병원 건물 안에 있다. 복도는 화환 하나 없이 썰렁하다. 향냄새가 바로 내 코에 들어와 박힌다. 엄마는 들어갈 때부터 아이고 아이고 하며 곡소리를 낸다. 큰아버지가 돌아가신 지 얼마 되지 않아서인지 장례식장 안에 사람들이 많지는 않다. 그래서 난 아빠가 그곳에 없다는 걸 쉽게 안다.

"올케 어서 와. 하리도 왔구나. 하리야, 큰아버지 마지막 가시는 길 잘 가시라고 인사해야지."

고모가 나와 엄마를 영정 사진이 있는 곳으로 이끈다. 얼마 전까지 뵈었던 큰아버지가 돌아가셨다는 게 믿기지 않는다. 하지만 큰아버지의 영정 사진을 보는 순간 이제 다시는 큰아버지를 볼 수 없다는 것을 알게 된다.

전부터 나는 죽음에 대해서 생각해 볼 때 죽은 사람보다 살아 있는 사람들이 더 불쌍하다는 생각을 했다. 죽은 사람은 죽으면 그뿐이지만 남아 있는 사람들은 슬픔을 가슴에 품고 살아야 한다고 생각했다.

그런데 큰아버지의 영정 사진을 보는 순간 그런 생각이 사라진다. 큰아버지는 내가 여태껏 본 얼굴 중 가장 초라해 보이는 얼굴을 하고 있다. 사진 속의 큰아버지와 내가 알고 있던 큰아버지는 전혀 다른 사람처럼 느껴진다. 사진을 계속 보고 있을 수가 없다.

상주인 사촌 오빠와 함께 앉아 있던 아빠가 나와 엄마를 보고 자리에서 일어난다. 아빠는 그곳에 있었다. 처음 와 본 장례식장이어서인지 나에게는 모든 게 어색하다. 그런데 더 어색한 건 아빠가 우리 옆에 있지 않고 그곳에 있다는 거다.

엄마가 향을 피운다. 상주와 맞절을 할 때 난 언제 고개를 들어야 할지 모른다. 그러다 고개를 드는데 아직도 고개를 숙이고 있는 아빠가 보인다. 멋쩍어 얼른 다시 고개를 숙이는데 이상하게 자꾸 가슴이 아리다.

"하리 엄마, 하리랑 밥 챙겨 먹어."

절을 마치고 나오는데 아빠가 말한다. 아빠는 벌겋게 된 얼굴로 다시 자리에 앉는다. 아빠 얼굴이 많이 피곤해 보인다.

엄마와 내가 나란히 앉아 밥을 먹는다. 엄만 육개장에 밥을 말아 누가 따라오는 것처럼 먹는다. 항상 바쁜 식당에서 일하는 엄마에게 붙은 버릇이다.

"엄마, 천천히 좀 먹어. 그러다 체하겠어."

"괜찮아. 그래야 빨리 일을 하지."

어느새 옷을 갈아입은 엄마는 손님들에게 음식을 대접하고 있다. 난 자리에 앉아 남은 밥을 먹는다.

"어쩌다가 그렇게 갑자기 가신 거래? 무슨 지병이라도 있으셨나?"

"원래 여러 군데 안 좋은 데가 많으셨대. 그래도 점심 잘

자시고 고통 없이 가셨다니까 그나마 다행이지 뭐."

"가족들이 충격이 크겠어."

귀를 기울이지 않아도 사람들 소리가 내 귀에 와 닿는다. 아무리 생각해도 사람이 죽었는데 다행이라는 말을 할 수는 없다. 그리고 내가 아는 큰아버지는 후회하지 않을 만큼 가족들에게 최선을 다하지 않았다. 그런데도 큰어머니와 오빠들은 왜 저토록 눈물을 흘리고 있는 걸까? 사람들 말대로 충격이 커서일까?

플라스틱 숟가락에 빨갛게 묻어나는 육개장 기름이 마음에 들지 않아 걷어 내고만 싶다. 숟가락만 이리 굴리고 저리 굴리다가 문득 엄마를 본다. 엄만 쟁반을 나르면서 상을 차리고 치우기를 계속하고 있다. 늘 엄마가 저렇게 일할 거라는 생각이 들자 나도 모르게 목구멍이 싸하게 아파 왔다. 얼마나 정신없이 일을 하는지 묶은 머리가 흘러내려 보기 싫게 되었는데도 엄만 모르고 있다. 내 옆을 지나가는 엄마를 부른다.

"엄마, 머리."

엄마가 머리를 매만지는 동안 난 쟁반을 슬그머니 들고 일어난다.

"하리야, 그만둬. 엄마가 할게."

"좀 도울게. 손이 부족하잖아?"

하지만 엄마는 나한테서 쟁반을 빼앗는다. 마치 쟁반을 들면 나쁜 병이 옮기라도 하는 듯 절대 나에게 쟁반을 주지 않는다.

"넌 이따가 집에 가. 혼자 갈 수 있지?"

엄마는 이 한마디만 하고 또 정신없이 쟁반을 나른다. 엄마가 쟁반을 나르는 건지 쟁반이 엄마를 나르는 건지.

혼자 집에서 자려니까 무서워서인지 잠이 안 온다. 꼭 큰아버지가 저승에 가기 전에 나한테 들렀다 가실 것만 같다. 자그만 소리에도 놀라 아예 불을 훤히 켜 놓고 누워 있다.

'아직도 장례식장은 바쁠까? 엄만 아직도 음식을 나르고 있을까?'

그때 바깥에서 시끄러운 소리가 들린다. 우리 집 빌라 가까이에서 들리던 소리는 점점 가까이 왔다가 다시 멀어진다. 그 소리는 새벽에 쓰레기를 치우는 환경미화원 아저씨들의 소리이다. 다시 자려고 눕지만 저 아저씨들은 왜 아무도 없는 이 새벽에 일을 하는지 알고 싶어진다. 멀어져 가는 그 소리를 들으면서 나는 엄마와 아빠를 생각한다.

"하리야, 학교는 빠지더라도 장지는 꼭 가야 한다. 그게 큰아버지에 대한 예의야."

이틀 후 아빠는 잠깐 옷을 갈아입으러 와서는 내가 앞으로 해야 할 일을 똑똑히 말해 준다.

난 장례 버스를 타고 가면서 조용하다 못해 적막하기만 한 버스 안이 답답하다. 엠피스리를 안 가져온 걸 열 번도 넘게 후회하고 있다.

하관을 하는데 사람들이 참 많이 운다. 아빠도 운다. 아빠는 마치 옆에 사람이 아무도 없는 것처럼 마음껏 운다. 아빠가 울자 나도 눈물이 나온다.

내가 눈물을 흘리는 건 큰아버지 때문만은 아니다. 그동안 내 안에 잠들어 있던 마음도 함께 터져 나오고 있는 거다.

집으로 오는 버스에서 자꾸 큰어머니 모습이 떠오른다. 가슴을 부여잡으며 우는 큰어머니는 가슴 안에 아주 큰 응어리가 있는 것 같았다. 하지만 흐르는 눈물이 거슬러 올라갈 수 없듯 이제 큰아버지에게 어떤 것도 기대할 수 없다.

딱 이틀 학교에 안 갔을 뿐인데 등교할 때부터 학교가 어색하고 생소하다. 나만 모르는 일이 벌어져 있을 것 같은 생각이 자꾸만 든다. 하지만 학교도 그대로이고 선생님들도 아이들도 그대로이다. 그렇게 며칠이 지나자 엄마는 다시 집 근처 작은 식당에 나가게 되고 아빠도 아침에 일어나면 일을 나갔는지 보이지 않는다. 모든 것이 전과 다를 게 하나도 없다.

하지만 난 다르다. 엄마와 나 사이에 있는 벽을 허물어야겠다고 생각한다. 더 큰 응어리가 생겨 도저히 풀 수 없을 정도로 딱딱해지기 전에 풀어야 할 것 같다. 내일이 엄마 생일이다. 특별한 날은 새로운 의미를 만들기에 아주 충분하다.

# 잠들지 않는 비밀

새벽에 일어나 엄마에게 미역국을 끓여 주려고 했다. 헌데 알람 소리를 듣지 못했다. 아침에 일어나니 나 혼자뿐이다. 어쩔 수 없다. 학교가 끝나는 대로 엄마가 일하는 곳으로 미역국을 끓여 갈 수밖에.

생일 미역국은 미역을 자르지 않는다는 말이 떠올라 그대로 끓인다. 그래야만 오래 살 수 있다고 한다. 긴 미역을 보온병에 담아 한 손에 든다. 그리고 예쁘게 포장한 핸드크림도 함께 들고 간다. 항상 설거지 때문에 손이 마를 날이 없는 엄마에게 이만큼 좋은 선물은 없다 생각한다.

가는 동안 여러 가지 생각이 떠오른다. 우선 지금은 바쁜 시간이 아니기 때문에 손님은 없을 거다. 어쩌면 주인도 없을지 모른다. 오늘 같은 날에 다른 사람이 있으면 좀 멋쩍을 것 같다. 하지만 한편으론 그러면 더 좋을 수도 있겠다는 생각도 든다.

엄마가 전에 식당 위치를 알려 줄 때 말한 슈퍼 앞에는 시추 한 마리가 오후의 햇살을 교묘히 피해서 자고 있다. 지나가는 자동차 소리를 자장가 삼아 곤하게 잠든 강아지는 내가 옆을 지나가도 모르고 있다. 슈퍼를 찾으니 엄마가 일한다는 가게가 바로 보인다. 빨간색 간판이 쉽게 눈에 띈다. 이제 들어가 이렇게 말하기만 하면 된다.

'엄마, 내가 미역국 좀 끓여 왔어. 엄마 생일이잖아.'

쑥스러워서, 안 하던 짓이라 생일 축하한다는 말은 못할 것 같다. 그래도 엄마는 분명 너무 미안해하고 고마워할 거다. 어른보다 먼저 벽을 허물고자 다가온 나를 대견스러워할 거다. 그럼 나는 이젠 엄마도, 나도 노력을 해 보자는 눈빛과 함께 따뜻한 미소를 엄마에게 날리면 된다. 아주 간단하다.

문을 열고 가게 안으로 들어간다. 가게 안에 아무도 없는 줄 알았다. 그런데 주방에서 엄마가 고개를 든다. 순간 벽을 쌓고 있던 돌이 온통 무너져 내린다. 내가 허물기도 전에 와

르르 무너져 내린다. 빨갛게 상기된 엄마의 얼굴을 보는 순간 알게 된다. 엄마는 또 물건을 훔치고 있다. 나는 얼른 주방으로 달려간다. 바닥에는 일회용 비닐봉지에 반이 넘게 고춧가루가 담겨 있고 바닥에는 급하게 담다가 흘렸는지 고춧가루가 뭉텅이로 떨어져 있다.

"정말 어쩌려고 그래?"

"미안해 하리야, 나도 모르게……."

"또 그 아이 생각이 났다는 말을 하려는 거야? 엄만 날 왜 이렇게 힘들게 해? 이젠 그만할 때도 됐잖아. 이젠 나도 달라지려고 하는데……."

"하리야, 엄마도 못 살겠어."

"그러면, 못 살겠으면 죽기라도 하겠다는 거야? 엄마가 그러면 난?"

아직은 안 된다. 난 아직 빼앗겼던 걸 다 돌려받지도 못했고 다시 마음잡고 새롭게 시작하려고 했던 다짐과 그때 그 기분 때문에라도 지금은 안 된다.

난 의자에 털썩 주저앉는다. 그러자 눈물이 쏟아진다. 눈물은 소리가 되고 소리는 내 마음이 되어 한없이 쏟아진다. 엄마도 따라 운다.

"엄마, 이제 일 다니지 마!"

"하리야, 그래도 그건 안 돼."

"엄마는 그 아이 때문도 아니고, 병도 아니야. 엄만 버릇이고 중독이야. 아빠가 술을 안 먹으면 어쩔 줄 모르는 것처럼 엄마도 그런 거야. 아빠는 술로 인정하지 못하는 자신을 감추고 있는 거고 엄마는 훔치는 걸로 엄마를 감추고 있어. 그 순간은 편하겠지. 하지만 그다음은 어떤데?"

엄마가 나를 바라본다. 이 말을 하지 말아야 한다는 것도 안다.

"도둑년이라는 소리를 듣는 거야. 도둑년! 그리고 난 도둑년의 딸이 되는 거라고."

나는 소리를 지르지만, 화가 나는 게 아니다. 아무리 해도 절대 풀리지 않는 문제를 놓고, 풀리지 않으니까 발악을 하고 있는 거다. 엄마는 내내 고개를 숙이고 울다가 빨갛게 충혈 된 눈으로 날 바라본다. 난 이제는 그러지 말아 달라고, 딸이 엄마 앞에서 엄말 도둑년이라고 말하는 날이 제발 다시 오지 않기를 바라는 마음으로 엄마를 바라본다.

식탁에 따뜻한 미역국이 담긴 보온병과 작은 쇼핑백을 그대로 놓고 밖으로 나온다. 밖으로 나오자 간판 하나가 깜박거리다가 켜진다. 잔뜩 흐려진 하늘에 켜진 환한 불빛은 흐린 시야를 밝게 만들지만 내 마음은 어둠 속을 걷는 것만 같다.

집에 들어오니 그 사이 아빠가 들어와 있다. 아무렇게나 벗어 놓은 아빠의 낡아 빠진 운동화가 내 눈에 들어온다. 안방 문을 살며시 연다. 그러자 내 코로 술 냄새가 확 끼쳐 들어온다. 요즘따라 아빠는 전보다 술을 더 많이 마신다. 사람들은 아빠가 술을 안 마실 때는 다정하기도 하다고 말을 하지만 내 기억에 그런 아빠는 없다.

"다녀왔습니다."

아빠가 게슴츠레한 눈으로 날 바라본다.

"밥 줘!"

다른 때 같았으면 네 하고 문을 닫고 밥을 차렸겠지만 난 가만히 문을 열고 서 있다. 텔레비전을 보던 아빠가 나를 돌아본다.

"뭐야? 할 말 있어?"

'네, 할 말 있어요. 왜 날마다 술만 드세요? 왜 한 번도 나한테 다정하게 대해 주지 않아요? 제가 밥 차리는 기곈가요? 이젠 숨이 막혀요. 아빠와 엄마 때문에 정말 미쳐 버릴 것 같아요.'

하지만 난 한마디도 할 수 없다.

"아니요."

밥상에 아빠의 밥만 올려놓는다. 배는 고프지만 도저히 밥을 먹을 수가 없다. 상을 차리면서 생각한다. 난 어른이 되더라도 절대 술은 안 먹을 거라고. 절대로 먹지 않을 거라고.

방에 들어가니 아빠는 벽에 기대어 잠이 들었다가 옆으로 쓰러졌는지 모로 누워 자고 있다. 잠깐 아빠를 흔들어 깨우는데 아무런 반응도 없다. 상을 들고 나가다가 문득 아빠를 바라본다. 벌겋게 익은 얼굴로 구부리고 잠이 든 아빠를 보니 갑자기 가슴이 찌릿해 온다.

'나는 어른이 되었을 때 저렇게 초라한 모습을 절대 자식에게 보이지 않을 거다.'

밖으로 나와 아무도 먹지 않은 밥상을 치운다. 쓰지 않은 수저를 다시 수저통에 넣고 밥을 밥통에 붓는다. 그릇 모양을 그대로 간직한 밥덩이가 밥통 속으로 떨어진다. 서글프다. 언제까지 이렇게 살아야 할지 모르기 때문에 서글프다.

나도 모르게 바닥에 주저앉는다. 그러자 눈물이 내 볼을 타고 내려온다. 아무것도 할 수가 없다. 그냥 지금 앉아 있는 이곳에서 땅속으로 꺼져 버리고만 싶다. 하지만 그렇게 할 수가 없다. 나는 내 속에 끓어오르는 분노를 잠재우기 위해서는 아무것도 생각하지 않고 자는 방법밖에 없다고 생각한다.

얼마나 잤을까? 계속 울리는 아빠 휴대전화 소리에 잠에서 깨어난다. 눈은 떴지만 밖으로 나가기는 싫다. 그때 아빠가 전화를 받았는지 벨 소리가 끊긴다.

"예, 맞는데요. 뭐라고요? 파출소요? 예, 맞아요. 우리 아이 엄마 맞아요. 예, 지금 가겠습니다."

아빠의 말을 듣고 벌떡 일어나 밖으로 나간다.

"아빠, 무슨 전화예요?"

"넌 알 필요 없고, 아빠 잠깐 나갔다 와야겠다."

"어디 가시는데요?"

아빠는 자는 동안 술이 좀 깬 것 같지만 여전히 눈이 빨갛고 술 냄새도 풍긴다.

"저도 같이 가요. 엄마한테 무슨 일이 생긴 거죠?"

"도대체 무슨 일인지……. 나도 가 봐야 알 것 같은데, 네 엄마가 파출소에 있단다."

아빠는 도대체 무슨 일인지 모르겠다고 말을 했지만 난 알 것 같다. 어떻게 일을 이 지경까지 만들었는지 모르겠다. 내가 딸로서 엄마에게 입에 담지도 못할 심한 말을 한 지가 얼마나 지났다고 또 일을 저질렀는지. 끝을 향해 달려가는 것만 같다. 엄마는 나에게 언제까지 얼마만큼의 상처를 주려고 하는 것일까?

아빠는 집에 있으라고 말하지만 난 아빠를 따라 나온다. 아빠도 적잖게 걱정이 되는지 더는 나에게 따라오지 말라는 말을 하지 않는다. 난 엄마를 향한 분노를 잠재울 수가 없다. 내 머릿속에는 엄마에게 가슴 깊이 상처가 될 말을 준비하고 있다. 그럴수록 파출소까지 간 엄마가 어떻게 하고 있는지 똑똑히 봐야겠다는 생각이 든다. 가는 동안 내내 얌전하게 세워져 있는 차를 마음속으로 몇 번이나 걷어찼는지 모르겠다.

"이정희 씨 보호자 되신다고요."

"예."

엄마는 고개를 푹 숙이고 있다가 우리를 한번 바라본다. 그 순간 나와 눈이 마주친다.

'정말, 저 사람이 우리 엄마가 맞아? 세상에 저렇게 형편없고 초라해 보이는 사람은 없을 거다.'

"정말 우리도 곤란해 죽겠습니다. 가시라고 해도 계속 저렇게 앉아 꼼짝을 하지 않습니다."

"도대체 우리 집사람이 무슨 일 때문에 여기에 와 있는 겁니까?"

"그러니까 그게 절도 때문인데요."

경찰 입에서 절도라는 말이 튀어나오자 엄마 몸이 움찔

한다.

"절도요? 그럼 우리 집사람이 도둑질을 했다는 말씀입니까?"

'아빤 아직 모르고 있었죠? 엄마가 도벽광이라는 걸.'

"한두 시간 전에 저분이 이곳에 오셔서 하시는 말씀이 자수를 하러 오셨다는 겁니다. 그래서 무슨 일인지 물어봤더니 자신이 일하는 식당에서 물건을 훔쳤다는 거예요. 그래서 그 물건이 뭐냐고 물으니까 고춧가루, 멸치, 조미료 등을 훔쳤답니다. 우리는 아주 큰 식당에서 많은 양의 물건을 훔쳤는지 알았죠. 곧바로 저분이 알려 주신 식당으로 전화를 걸었어요. 전에 일했던 식당까지 해서 몇 군데 전화를 했는데 그분들의 이야기를 들어보니까 다 알고 계시더군요. 모두 그 이유로 식당에서 쫓겨났다고 얘기하더라고요."

이야기를 듣고 있는 아빠의 얼굴이 점점 더 붉으락푸르락해졌다.

"아니 이 여편네가 망신을 시켜도 유분수지. 정말 나한테 죽고 싶어 환장했어!"

"흥분하시지 말고 제 얘기를 더 들어 보세요. 만약에 식당주인들이 이 사실을 알고 한 명이라도 고소를 하면 범죄가 성립되는데 아무도 그렇게 하지 않겠다는 거예요. 얼마 되지도 않는 양 가지고 고소를 하는 것도 웃기고 그러면 여러모로 귀찮아진다고 다 안 하시겠다는 겁니다. 그래서 집에 돌아가셔도 된다고 말씀드렸는데 저렇게 앉아 가실 생각을 하지 않습니다."

"당신 도대체 왜 그러는 거야?"

아빠가 또 한 번 다그치지만 엄마는 미동도 없이 앉아 있다. 경찰이 그런 엄마를 답답하다는 듯 바라본다.

"아주머니 말씀이 벌을 안 받으면 또 할 거라는 겁니다. 내 참 무슨 경찰을 우롱하는 것도 아니고. 아시다시피 이곳은 아주머니 일 말고도 해결해야 할 문제가 아주 많습니다. 제발 좀 설득해서 데려가 주십시오."

"예, 죄송합니다."

아빠가 엄마에게 다가가 팔짱을 껴서 일으키려 한다. 하지만 엄마는 일어나지 않으려고 한다. 순간 엄마가 이곳까지 오게 된 것은 오늘 나 때문이라는 생각이 든다. 엄마가 내가 한 말을 듣고 얼마나 상처를 받았으면 지금 이러고 있는 걸까? 그런 생각을 하니 아까 이곳으로 오면서 엄마에게 상처 줄 말을 생각했던 내가 너무 잔인하게 느껴진다.

다가가 엄마의 반대쪽 팔에 팔짱을 끼어야 하는데 마음이 움직이질 않는다. 다가가기가 힘들다. 그런 우리를 경찰이 별 형편없는 가족을 다 본다는 듯이 힐끔 쳐다본다. 그 얼굴이 하도 기분 나빠 나는 밖으로 먼저 나온다. 조금 있으니 엄마와 아빠가 나온다. 아빠가 앞장서 나오고 그 뒤를 엄마가 따라 나온다. 앞으로 난 이 장면을 잊지 못할 것 같다. 내 머릿속에 사진이 찍혀 잊히지 않을 것 같다.

"빨리 와. 집에 가서 얘기하자고. 정말 창피해서……."

나는 손을 윗옷 주머니에 찌르고 아빠 뒤를 따라간다. 엄마는 그런 내 뒤를 따라온다. 우리 가족은 나란히 걸을 수도 없는 건가? 집에 가기가 싫다. 이 마음에 안 드는 행렬에서 빠져나오고 싶다. 하늘을 올려다본다. 잔뜩 찌푸린 하늘은 별 하나도 보여 줄 생각을 하지 않는다.

그런데 갑자기 내 뒤를 따라오던 엄마의 발소리가 들리지 않는다. 뒤를 돌아보니 엄마가 길 한가운데에서 움직이지 않고 그대로 서 있다. 나는 엄마한테 다가간다. 다가가면서 엄마 바지에 아까는 보지 못했던 김치 국물 같은 고춧물이 들어 있는 걸 본다. 엄마가 아니라 엄마 바지의 김치 국물이 날 더 아프게 한다.

"엄마, 왜 이러고 있어? 집에 안 갈 거야?"

"하리야, 미안해. 너한테 이런 모습까지 보여 주게 되어서. 하지만 가만히 있을 수가 없었어. 혼자서는 절대 해결할 수 없다는 걸 알게 되니까 다른 도움이라도 받아야만 했어."

"알았어, 이제 집에 가자."

"그런데 어떻게 이럴 수가 있니? 다 털어놓고 죄 지은 만큼 벌을 받으면 이젠 절대 안 하겠다고 다짐했어. 그래서 간 건데, 너한테 떳떳한 엄마가 되려고 간 건데……."

엄마의 눈에서 눈물이 흘러내린다. 그런데 이상하게 이 눈물은 언제나 봐 왔던 엄마의 눈물과는 다른 것 같다.

"엄마, 이제 그만해. 다 알았으니까 집에 가자."

엄마를 이해한다는 말은 하지 않을 거다. 이해한다는 말은 쉽게 할 수 없다. 이해한다고 말하는 사람은 그 사람이 아니기 때문에.

엄마 팔에 팔짱을 낀다. 엄마를 이끌려고 낀 팔짱이지만 금방 어색해진다. 나는 여태껏 엄마만 나한테 살갑게 대하지 않는다고 생각했다. 그런데 나 역시 엄마에게 그렇게 대하고 있었다. 다행히 커다란 차에게 길을 비켜 주면서 나와 엄마는 자연스럽게 팔짱을 푼다. 집으로 가면서 나는 내가 먼저 다가가면 되는데 그걸 애써 모른 척하고 있었다는 걸 깨닫는다. 우리의 머리 위 하늘에선 비가 오려는지 자꾸만 우르릉 우르릉 소리를 내려보낸다.

# 멈추어지는 거짓말

"당신 도대체 뭐하는 사람이야? 돈 벌어 오라니까 도둑질을 해? 도대체 창피해서 살 수가 없어."

아빠는 엄마가 집에 들어와 신발을 채 벗기도 전에 말을 쏟아붓는다.

"뼈 빠지게 일하면 뭐해? 좀 잘살아 보려고 해도 집구석에서 도움을 주기는커녕 훼방만 놓으니 내가 잘될 턱이 있어?"

아무리 오늘 엄마가 잘못을 했다 해도 아빠가 그렇게 말하는 게 싫다. 마치 아빠가 잘 안 되는 이유가 아빠 때문이 아니라 모두 엄마와 나 때문이라는 말처럼 들린다. 아빠는 이 집 식구도 아닌데 우리를 먹여 살리느라 무지 애를 쓰고 있다는 것처럼 들린다. 항상 목구멍까지 올라오다 사그라져 버리곤 하던 내 분노가 오늘은 더 이상 참지 못하고 밖으로 쏟아져 나온다.

"그렇게 말하지 마세요. 엄마가 물건을 훔치는 것도 다 우리 집이 가난하기 때문이라고요. 아빠가 돈만 많이 벌어 와도 엄마가 밖에 나가 일을 하진 않을 거라고요."

"뭐? 너 지금 말 다 했어?"

"하리야, 그렇게 말하면 못써. 빨리 아빠한테 잘못했다고 빌어."

"왜 빌어야 하는데? 내가 틀린 말을 한 게 아니잖아. 왜 우리는 날마다 아빠 앞에서 주눅 들어 살아야 하는데?"

"그러지 말고 무조건 잘못했다고 빌어."

"싫어. 무조건인 게 어디 있어? 이러면서도 우리가 가족이야?"

엄마를 보며 말을 하던 난 아빠를 똑바로 바라본다. 이 모든 문제가 아빠 때문이라는 말을 하는 것처럼 아빠를 똑바로 바라본다.

"아빠가 우릴 가족이라고 생각하면 그렇게 말하면 안 되는 거 아닌가요?"

"가족? 그래 너 말 잘했다. 네가 말하는 가족은……."

잠깐 동안이지만 아빠가 말을 멈춘다. 그리고 이어진 아빠의 목소리는 좀 전과는 달리 아주 작고 힘이 없다.

"길에서 아빠를 봐도 모른 척하는 게 가족이라는 거냐?"

어두워진 하늘은 더 이상 참을 수 없었나 보다. 쏴아 소리를 내며 비를 쏟아 내고 만다. 난 아빠가 무엇을 말하는지 몰랐다. 그런데 생각이 난다. 성민이와 헤어진 날, 큰아버지가 돌아가신 날.

"그건……."

어떤 말도 할 수 없다. 아무 말도 나오지 않는다.

"하리야, 정말 네가 그랬니?"

엄마가 믿을 수 없다는 듯 나를 쳐다본다.

"그렇게 아빠가 창피했냐?"

아빠가 고개를 떨구고 말한다.

"그런 게 아니에요. 아빠가 창피해서 그런 게 아니에요. 단지…… 먼저 다가가기가 힘들었어요."

내 말을 듣고 아빤 아무 말도 안 한다. 엄마도 손가락으로 계속 바닥만 문지르고 있다. 한동안 우린 가만히 있는다. 고개를 숙이고 있는 내 눈에서 작은 방울이 똑 하고 바닥에 떨어진다. 그날 일을 떠올린다. 정말 내가 다가가기가 힘들어서였나? 성민이에게 아빠를 보이기가 창피해서 피했던 게 아니었고?

"하리야!"

아빠가 날 부르지만 너무 미안해서 고개를 들 수가 없다. 죄송하다는 말을 하고 싶다. 하지만 그 말이 왜 항상 목구멍에만 걸려 있는지 이해할 수 없다.

"그날은 바로 큰아버지가 돌아가신 날이다."

겨우 고개를 들어 아빠를 바라본다.

"네 큰아버지는 아빠한테 형이 아니라 아버지였다."

아빠가 말을 잠깐 멈춘다. 그러자 빗소리가 더 가깝게 들리는 것만 같다. 여태껏 아빠한테서 저런 모습을 본 적이 없다. 엄마와 나는 아무 말도 못하고 아빠를 바라본다.

"왜 그토록 내 마음을 표현하지 않았는지, 좀 더 일찍 깨달았다면 좋았으련만."

아빠의 눈이 빨갛게 달아오른다. 아빠는 더는 그런 모습을 보여 주기 싫었는지 일어나 방으로 들어간다. 난 아빠가 앉아 있던 자리를 물끄러미 바라볼 뿐 한동안 자리에서 일어나지 못한다. 엄마도 아직 내 옆에 있다. 엄마는 지금 무슨 생각을 하고 있을까? 엄마도 나와 같은 생각을 하고 있을까?

오늘 밤, 비가 계속 온다. 난 꿈을 꾸고 있다고 생각한다.

잠결인지 꿈결인지 누군가 이야기하는 소리가 끊임없이 들려온다. 그 소리는 점점 높아지기도 하고 흐느끼기도 한다. 빗소리 때문에 어쩌면 잘못 들은 건지도 모르겠지만 남자가 울먹이는 소리도 나는 것 같다. 그러다 내 손에 따스한 온기가 느껴진다. 꿈인 줄만 알았는데, 내 손을 잡고 있는 낯설고 거친 손에 자꾸만 힘이 들어간다. 자꾸만 자꾸만.

비가 그쳤다. 작은 창이지만 맑게 개어 오는 새벽하늘이 가늘게 뜬 내 눈에 들어온다. 나는 머릿속으로 노랫말을 흥얼거려 본다.

기다려 봐 한쪽 날개가 꺾여 있을지라도

나는 날 수 있어 세상은 열려 있어

모두 다 들어 봐 마음의 귀를 열고

며칠 후 집주인이 찾아와 전세 기간이 끝나 돈을 올려달라고 한다. 아빠는 이사를 가자고 한다. 나도 엄마도 동의한다. 이사를 가면 새롭게 시작할 수 있다는 막연한 기대감도 있다.

우리는 이사 갈 집을 찾는다. 어쩌면 지금의 집보다 더 안 좋을지도 모른다.

우리가 이사 갈 집에 가서 난 깜짝 놀랐다. 예주 집처럼 좋은 집은 절대 아닐 거라고 생각은 했지만 그렇다 해도 어떻게 이런 집에서 살 수 있을까 걱정된다. 하지만 우리에게 더 나은 최선은 없다.

"당신, 괜찮겠어요? 겨울에는 많이 추울 텐데요."

"괜찮아. 추운 건 얼마든지 참을 수 있어."

아빠가 저렇게 말하는 건 이제부터 아빠가 거실에서 생활을 해야 하기 때문이다. 이 집 작은방은 문이 두 개다. 하나는 거실에서 들어가는 문, 하나는 길 쪽으로 나 있는 문. 집주인이 거실에서 들어가는 문을 봉쇄하고 따로 창고로 사용했다고 한다. 그런데 이제 그곳은 엄마가 떡볶이 장사를 할 가게가 될 거다. 아주 코딱지만 한 가게지만. 졸지에 아빠는 나와 엄마에게 방을 내주고 거실에서 잠을 자야만 한다. 아빠가 이런 불편을 감수하고도 이 집을 선택한 것은 엄마를 위해서다.

내일모레가 이사 날이지만 집 안 어느 곳도 이사 가는 집 같아 보이진 않는다. 유난히 화창한 놀토다. 난 창문으로 들어오는 시원한 바람을 맞으며 이어폰을 끼고 음악을 듣고 있다. 조금 후 엄마와 아빠가 외출했다 함께 들어오는 소리가 들린다. 엄마 아빠는 현관에 들어서면서까지 하던 말을 멈추지 않고 있다. 이어폰을 빼고 엄마 아빠 말에 귀를 기울여 본다.

"안 된다고. 잠깐만 수고하면 되는데 돈이 얼마나 차이 나는 줄 알아?"

"그래도 이사 다음 날 하리 기말고사 시작하는데 그냥 포장이사 해요."

엄마 아빠 목소리는 점점 커지지만 난 이상하게 듣기 싫지 않다. 한 가지에 빠져 열심히 자기주장을 내세우는 엄마가 보기 좋다. 앞으로 엄마가 어떻게 바뀔지 아무도 알 수 없다. 잠들어 있던 도벽이 언제고 또다시 고개를 들지도 모른다. 하지만 진짜 엄마를 도와줄 수 있는 건 우리가 아니다. 다 엄마가 이겨 내야만 하는 거다. 지금처럼 엄마의 모습을 하나씩 찾아가면서.

"그럼, 그냥 반 포장하세요. 치킨도 양념 반 프라이드 반이 있잖아요? 둘 다 조금만 양보하세요. 나머지 반은 내가 도와줄게요. 오랜만에 힘 좀 쓰지 뭐."

내 유머에 한번 웃어 줄 거라고 한 말인데 엄마 아빠는 웃지 않는다. 사실 안다. 내 나이는 어른들의 삶에 끼어들어도 별 효과를 못 얻는다는 걸 말이다. 하지만 난 이 집의 구성원으로 언제까지나 내 목소리를 낼 거다. 언젠가는 내 이야기에 귀 기울여 주겠지 뭐.

그리고 이틀 후 우리는 일반 이사를 했다. 난 엄마 아빠가 짐을 정리하는 동안 도서관에 가 있었다. 어떤 길로도 피해 갈 수 없는 곳에 기말고사란 놈이 입을 크게 벌리고 날 잡아 먹으려고 기다리고 있으니까.

'좋아, 오랜만에 기분도 좋은데 공부라는 걸 한번 해 보지 뭐.'

공부를 해야 하는데 이상하게 의자가 자꾸만 날 거부한다. 역시 난 공부 체질이 아닌가 보다. 어쩔 수 없이 밖으로 나온다. 도서관 의자에 아이들이 앉아 재잘대고 있다. 나도 전에 저 의자에 한 아이와 앉아 있었다. 그때를 생각하니 찌르르 가슴이 아파 온다. 그 느낌을 지워 버리고 싶어 난 자리를 박차고 일어난다. 그때 휴대전화에서 문자 알림 소리가 났다.

**하리야, 나 좀 봐**

**지금 곧**

발신자 표시에 '성예주' 라고 찍혀 있다.

'예주가 무슨 일이지?'

예주에게 전화를 건다. 예주는 새로 문을 연 문고에서 만나자고 한다. 문고는 큰 건물의 지하에 있다. 매장 안으로 들어가니까 아직도 페인트 냄새가 가시지 않았는지 냄새가 진동한다. 예주는 잡지가 진열되어 있는 곳에서 책을 보고 있다.

"예주야!"

"음, 생각보다 빨리 왔네."

"그런데 왜?"

"책 좀 보려고."

예주는 잡지 한쪽을 펴서 나에게 보여 준다.

"야, 이 옷 죽이지 않냐?"

예주가 엉뚱한 소리만 한다. 잡지에 나온 옷이 예뻐서 날 부른 게 아니라는 걸 안다. 하지만 예주가 날 부른 이유가 그 이유가 아니었으면 좋겠다는 작은 희망을 가져 본다.

"그 학교는 어때? 언제 전학 간 거야?"

"학교는 다 똑같아. 그걸 몰라서 묻는 거니?"

난 머쓱해져서 잡지에 있는 옷을 본다. 내가 입으면 얼마나 좋을까? 어울릴까? 하고 생각하면서 한참 책장을 넘겨 보고 있다. 그때 예주가 살며시 나한테 다가온다.

"하리야, 문구 코너로 가자."

예주가 내 손을 잡아끈다. 그때야 난 희망은 품기도 쉽지만 날아가기도 쉬운 거라는 걸 알게 된다. 예주는 한 손으로 내 팔을 잡고 또 한 손으론 내 어깨를 감싸고 가면서 간간이 말을 한다.

"개장한 지 얼마 안 돼서 바코드가 없을 거야. 오늘이 바로 기회야. 네가 저기 계산대에 있는 언니한테 말 좀 걸어. 잘해. 실수하면 안 돼."

예주가 지금 말하는 게 뭔지 안다. 난 가다가 발을 멈춘다. 가면 안 될 것 같다. 지금 당장 안 갈 거라고 말해야만 한다. 하지만 난 예주를 따라가고 있다. 덜 마른 페인트 냄새 때문인지 갑자기 머리가 아파 온다. 예주가 진열대 사이로 들어간다. 그리고 눈짓으로 나에게 말을 한다. 예주가 서 있는 곳에는 다이어리가 진열되어 있다.

'이번엔 다이어리인가 보다.'

예주가 다이어리를 만지작거린다. 분명히 혹시 주머니 안에라도 바코드가 들어 있는지 찾아보고 있는 걸 거다.

"뭘 도와드릴까요? 손님."

꼭 은행원같이 옷을 입은 언니가 얼굴에 웃음을 머금고 나를 쳐다보고 있다. 난 약간 몸을 틀어 예주가 물건을 골랐는지 살펴본다. 예주가 눈짓으로 말을 걸라는 신호를 보낸다. 이제 이 언니의 눈길만 다른 곳으로 돌리면 된다. 언뜻 언니 등 뒤에 프린터 잉크가 진열이 되어 있는 게 보인다.

"여기, ……다이어리는 어디에 있어요?"

난 온몸에 힘을 주며 말을 내뱉는다. 말을 끝내고 몸이 휘청거리는 걸 느낀다.

"네 다이어리는, 저기……."

언니가 예주를 본다. 언니는 다른 곳에 눈길 한 번 주지 않고 줄곧 예주를 보며 계산대에서 나와 걸어간다. 나는 언니를 보지도 않는다. 예주 쪽으로 눈을 돌리지도 않는다. 그대로 문구 코너를 나와 잡지 가판대를 지나 밖으로 나온다.

건물 밖으로 나오니 사람들이 분주하게 지나가고 있다. 작은 화단 앞에 있는 의자에는 아무도 앉아 있는 사람이 없다. 그곳에 앉아 예주가 나오기를 기다린다. 조금 있으니까 예주가 헐레벌떡 뛰어온다. 나는 이제 예주에게 왜 그랬는지를 말해야 한다. 얼마나 긴 시간이 걸릴지 모르는 일이다.

"야, 너 죽고 싶어? 너 지금 뭐하는 거야?"

"이젠 안 해. 안 한다고."

"뭘 안 한다는 건데? 너 지금 내가 전학 갔다고 마음이 놓이나 본데 네가 어떤 아이인지 다 말할까?"

"해. 다 해. 이젠 상관없어. 그리고 똑똑히 얘기하겠는데 난 너한테 길들여진 개가 아니야. 길들여진 개가 아니라고. 그동안 네가 하라는 대로 다 했지만 이젠 아니야."

"왜? 이제부터라도 안 하면 네가 도둑질한 사실이 없어질 것 같아? 뭐야, 갑자기 착한 아이라도 되겠다는 거야? 웃기지 마. 너나 나나 생긴 대로 살아가는 거라고."

"맞아, 난 생긴 대로 살 거야. 가난하고 공부도 못하고, 하지만 비겁하게 살지는 않을 거야. 너처럼."

"아이 씨. 네가 뭔데? 네가 엄마야? 아빠야? 뽀리는 게 뭐 어때서?"

예주가 목소리를 높여 이야기할 때 매장 안 점원 언니와 똑같은 옷을 입은 언니가 예주를 건너다본다. 그러자 예주의 목소리가 갑자기 사그라진다.

"봐, 넌 비겁해. 네가 떳떳하다면 지금 이럴 이유가 없잖아?"

"듣기 싫어. 너도 완전히 떳떳하다고 말할 수는 없을 텐데? 나랑 다니면서 통쾌해하고 짜릿해했잖아? 아니라고 말할 수 있어?"

"맞아. 하지만 그건 순간이야. 순간이 문제를 해결해 주진 않아. 문제는 해결하지 않으면 언제나 문제로 남아."

"시끄러, 네가 내 아픔을 알기나 해? 어른들처럼 적당히 아는 척하지 말라고."

예주의 눈두덩이 갑자기 빨개진다. 더는 할 말이 없다고 생각한다. 그래서 예주를 길에 남겨 두고 뒤돌아 걷는다.

'그래, 난 네 아픔을 몰라. 하지만 앓고 있는 사람은 정확하게 알아. 왜 아픈지, 어떻게 해야 제대로 앓을 수 있는지.'

나는 지금 예주가 어떻게 하고 있는지 모른다. 앞으로 예주가 어떻게 살아갈는지도 모른다. 하지만 자꾸 예주의 붉어진 눈두덩이 아른거린다. 그러자 내 눈두덩도 뜨거워진다.

도서관에 들어가자마자 손을 씻는다. 비누 거품에 그동안 쌓였던 내 모든 비겁함을 흘려보내고만 싶다. 깨끗한 손이 마음에 든다.

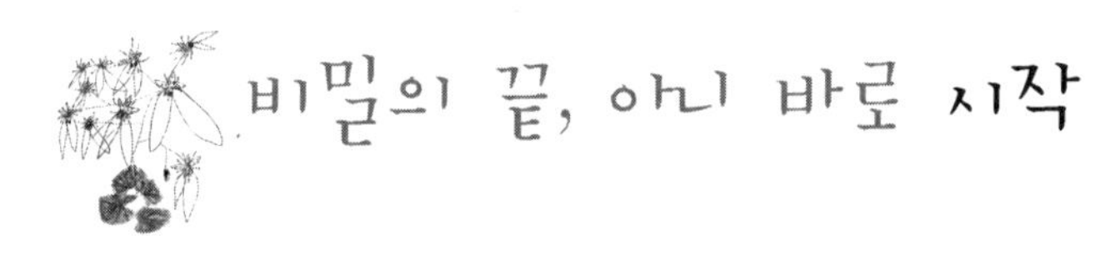

# 비밀의 끝, 아니 바로 시작

항상 마지막 시험 날은 억지로 질질 끌려가다 철퍼덕 엎어지는 것 같은 느낌이 든다. 엎어지면 이제 끌려가지 않아도 되어서 좋긴 하지만 눈앞이 캄캄하다. 하지만 잠시 후 기운을 차리고 일어난다. 앞으로 한동안은 끌려다니지 않아도 되니까 저절로 힘이 난다.

오늘 난 꼭 갈 곳이 있다. 오늘을 얼마나 기다렸는지 모른다. 그건 좋아하는 게 생겼기 때문이다. 처음에는 한번 해 보면 어떨까 하는 작은 마음만 싹이 텄지만 지금은 그 마음이 무럭무럭 자라 벅차기까지 하다. 지금 당장은 할 수 없지만 잘할 자신은 있다. 그래서 지금부터 찬찬히 준비해야만 한다. 그러기 위해서 해야 할 일 중 가장 중요한 건 아이쇼핑이다. 감각을 잃지 않고 유행을 놓치지 않는 게 가장 중요하니까 말이다.

종례를 하기 위해 담임이 들어온다. 분명 똑같이 한마디만 하고 갈 거면서 왜 들어오는지 모르겠다.

"모두 공부하느라 수고했고 청소 당번은 청소 깨끗이 하도록. 아 참, 아까 희선이가 오늘 청소 못한다고 했지? 누가 희선이랑 청소 당번 좀 바꿔 줄 사람 없나?"

아이들은 담임이 공부를 잘하는 아이들을 잠깐 보자는 이유를 들어 청소 당번에서 빼 주고 있다는 것을 이미 알고 있다. 그리고 담임도 이젠 너무 많이 써먹은 수법이라 다른 방법을 찾은 것 같다. 그러거나 말거나.

'동대문에 가려면 지하철을 타야 하나? 아니 버스를 타고 갈까?'

"아무도 없어?"

'제발, 빨리 좀 끝나라.'

"장하리, 네가 좀 바꿔 줘라. 별일 없지? ……이상!"

담임은 오늘 청소 당번인 아이들과 하나하나 눈을 마주쳤나보다. 아이들은 다들 안 된다는 표정을 지었을 거고 담임은 나도 쳐다봤을 거다. 하지만 난 동대문에 갈 생각을 하느라고 담임이 날 쳐다보는지도 몰랐다.

"안 돼요!"

나도 모르게 자리에서 벌떡 일어난다. 아이들의 시선이 모두 나에게 쏠린다.

"일주일 내내도 아니고 오늘 하룬데 그렇게 해."

"안 돼요! 못 해요!"

"왜 안 되는데? 어디 중요하게 갈 데라도 있어?"

"동…… 동대문이요."

'하필 왜 이럴 때 말을 더듬는 거야. 용기를 내자! 똑 부러지게 얘기하자!'

"뭐, 동대문? 나 원 참. 희선이는 학원에서 중요한 시험이 있어서 빠지는 거야. 너 놀러 가려고 희선이가 양보를 해야겠어? 됐다 됐어. 공부하겠다는 아이는 안 도와주고. 그냥 희선이만 빠져."

난 놀러 가는 게 아니다. 십장생이라고 십 대도 장래를 생각해야 한다. 내 꿈을 위해 준비하러 가는 거다. 희선이가 학원에 가는 게 중요한 것처럼 나도 동대문에 가는 게 중요하다.

"안 돼요! 그건 공평하지 않아요. 청소하는 데 오래 걸리지도 않고요. 희선이가 양보한 게 아니에요. 제가 희선이 편의를 봐 주는 문제였다고요."

"그래서?"

담임이 교탁에서 한두 걸음 빠져나와 내 앞에 선다. 까만 뿔테 안경 너머로 보이는 담임 눈이 독사처럼 매섭다.

"최소한 똑같이 대우해 주세요."

담임의 눈빛 때문인지 나도 모르게 엉뚱한 말이 쏟아져 나온다.

"지금 얘가 뭐라는 거야? 그럼, 네 말은 공부도 안 하는 것들이 공부하는 애들하고 똑같다는 말이야?"

이제 독사는 혀까지 날름거리며 서 있다. 하지만 나도 물러설 수 없다.

"공부도 안 하는 것들이 아니라 공부 좀 못하는 아이들이에요. 우리가 무슨 물건이에요? 공부를 잘하는 아이든 못하는 아이든 똑같은 학생이라고요."

"뭐? 너 자꾸 그렇게 어른한테 꼬치꼬치 말대꾸할래?"

'조금 더 하면 저 독사가 날 물어 버릴지 모른다. 하지만 눈 한 번만 딱 감자. 지금 안 하면 말 못한다.'

"최소한 학생이 낸 글은 똑같이 읽어 봐야 한다고요. 그대로 폐휴지통에 넣는 게 아니고요!"

"너 지금 뭐라고 하는 거야?"

담임 말은 지금 내가 하는 말이 뭔지 모르겠다는 말이 아니다. 그렇다고 자기는 그런 적이 없다고 발뺌을 하는 말도 아니다. 그건 학생이 선생에게 버릇없이 굴어서는 안 된다는 말이다.

담임의 얼굴이 터져 버릴 것 같다. 담임은 무슨 말이든 하려고 했지만 날 물어 버린다면 내 안에도 독이 있어 뱉어 버릴 수밖에 없다는 것을 알고 있나 보다. 눈앞에 먹잇감을 두고 돌아가야만 하는 독사의 마음이 오죽할까?

"아이 씨. 됐어. 오늘 청소고 뭐고 없어. 다 가! 빨리 가! 한 놈도 눈에 띄지 말고 가!"

처음 아이들은 주춤하지만 독사가 금방이라도 독 때문에 폭발할 것 같은 모습이라 가방을 메고 다 나온다. 아이들 중 몇 명은 복도에서 오도 가도 못하고 서성이고 있다.

"빨리 안 가! 이 새끼들아!"

담임의 째질 듯한 목소리에 아이들은 후다닥 빠져나온다. 건물 밖으로 나오니 꼭 굴속을 빠져나온 것 같다. 아직까지 저 굴속에 사나운 독사가 있고, 내일도 저 굴속으로 들어가야 하지만 오늘만큼은 굴 밖이 무척이나 환하다.

"하리야, 같이 가."

아름이가 날 향해 달려온다.

"킹왕짱이야! 속이 다 시원해 죽겠어. 장하리, 역시 이름값을 하는구나."

아름이는 그렇게 말하지만 이런 정도를 가지고 이름값을 한다고 말할 수는 없을 것이다. 하지만 난 내 이름을 한번 되뇌어 본다. 이름대로라면 어쩌면 미래에 모든 사람들이 장하다 여길 수 있는 사람이 될지도 모를 일이다.

'하리, 하리, 장하리!'

그래서 더 급하다. 동대문으로 가야 한다.

시험을 망쳤는지 어깨가 축 처져 걷는 아이들과 이젠 시험이 끝나 홀가분해 죽겠다는 몸짓을 하는 아이들이 섞여 내 눈에 들어온다. 지금 저 아이들은 각기 다른 모습을 보이지만 느끼는 것은 같을 것이다. 시험이란 정말 우리를 시험에 들게 한다는 걸.

누구에게나 비밀은 있다. 비밀은 남들에게 말 못하는 비밀일 수도 있고 아닐 수도 있다. 좋은 의도로 만들어진 것일 수도 있고 아닐 수도 있다. 또 어떤 것은 모른 척 넘어가야 하는 것도 있다. 하지만 비밀은 어떻게든 밝혀진다. 비밀이 드러나면 거짓말은 멈추어진다. 동대문 상가에서 한창 옷에 정신이 팔려 있을 때다.

"하리야, 저기 좀 봐."

"어디?"

다른 점포에서 성민이와 희선이가 옷을 고르며 좋아 죽으려고 하는 모습을 난 똑똑히 본다. 성민이가 나와 헤어지고—그야 다른 아이들은 아무도 모르겠지만— 지금은 희선이와 함께 있다. 희선이가 성민이와 함께 있는 것 때문인지, 희선이를 학원이 아닌 이곳에서 보게 되어서인지 모르겠지만 내 눈은 불이 활활 타오르는 것같이 뜨거워진다. 난 성큼성큼 걸어간다.

"희선이 넌 학원 시험을 여기서 보나 보지?"

희선이와 동시에 성민이도 날 쳐다본다. 성민이는 잘못 걸렸다는 표정으로 고개를 돌린다.

"네가 무슨 상관인데?"

희선이가 지지 않으려는 듯 고개를 빳빳이 들고 날 쳐다본다.

"상관은 안 해. 하지만 좀 떳떳할 순 없니? 최소한 담임한테 공부 때문이라고 핑계는 대지 말라는 말이야. 공부 잘하는 애들은 다들 그런다니?"

난 성민이 앞에서 희선이를 깔아뭉갠 것 같아 속이 다 시원하다.

"야, 네가 뭔데 참견이야? 지지리 공부도 못하면서."

성민이가 끼어든다.

"그만 꺼져 줄래?"

희선이가 날 깔아뭉갠다. 성민이 말 한마디에 상황은 완전 역전. 순간 온몸의 피가 다 쏟아져 나오는 것만 같다. 하얗게 질린 내 얼굴을 보고 아름이가 소매를 잡아끈다.

"그럼 넌 지지리 공부 못하는 나하고 왜 사귀었는데?"

지나쳐 가려던 성민이와 희선이가 멈춰 선다.

"내가 언제 너랑 사귀었다고 그래? 한두 번 만나는 것도 사귀는 거냐?"

성민이가 피식 비웃음까지 흘린다. 성민이 얼굴을 뭉개 주고 싶다. 하지만 내 손은 얌전히 내 허벅지 옆에 놓여 부르르 떨고만 있다.

성민이 말이 맞다. 사실 나 혼자만 성민이와 사귀고 있다고 생각했는지 모른다. 하지만 저렇게까지 말하는 성민이가 너무 야멸치게 느껴진다. 나랑 만나는 동안 나한테 신경을 써 준 성민이는 이젠 어디에도 존재하지 않는다. 지금 성민이를 그때만큼 좋아하지는 않지만 그렇다고 그때 내 감정까지 무시당하는 건 싫다.

"그래도 난 진심이었어. 내 감정까지 무시하진 마."

내 말에 희선이는 성민이를 한 번 째리고 가 버리고 성민이는 큰일이 난 것처럼 희선이를 따라간다.

"진짜야? 하리야. 네가 오늘 나 여러 번 놀라게 하네. 정말 사귄 건데 성민이가 발뺌하는 거야? 그런 거야?"

아름이가 자꾸 진짜냐고 묻는다. 하지만 난 맞다고도 아니라고도 말할 수 없다.

"성민이를 좋아한 건 사실이야."

"그랬구나."

아름이가 더 안 물어봐 줘서 고맙다. 하지만 아름이는 쉴 사이 없이 떠든다.

"성민이 걔 진짜 쩐다. 희선이하고 사이가 안 좋을 때 잠깐 널 만났다는 얘기잖아. 그런데 다시 사이가 좋아지니까 너한테 저렇게 함부로 하는 거고. 완전 무지개매너 아냐?"

역시 누가 정리 왕 아니랄까 봐 아름이는 정확하게 나와 성민이의 상황을 정리해 준다. 아름이는 '성민이 같은 애가 뭐가 좋아?'라는 말을 하려고 하는 것 같다. 하지만 내 얼굴을 보고는 입을 다문다.

지금 난 옷을 둘러보기 위해 걷고 있지만 가슴속에서 화가 치밀어 올라 옷이 눈에 들어오지 않는다. 내가 화가 나는 건 성민이 때문이 아니다. 나 때문에 화가 난다. 그동안 나는 착각 속에 빠져 살았는데 너무 깊숙이 빠져 착각이라는 것도 모르고 있었다. 이런 바보는 세상에 없을 것이다. 아름이가 눈치챌까 봐 참고 참았지만, 내 머리도 더는 참을 수 없는지 눈에서 눈물이 비어져 나온다. 하지만 내 감정까지 착각은 아니었다. 내가 느꼈던 그 감정은 성민이와 상관없이 나한테는 아주 소중했다.

'잘했어. 잘한 거야.'

좀 전까지만 해도 진정될 것 같지 않았다. 하지만 시간은 어떻게든 흘러가면서 나를 조금씩 바꾸어 놓는다. 눈부시도록 환한 조명 밑에서 빛나는 화려한 옷들을 보니 한결 기분이 나아진다.

엄마에게 받은 돈으로 나는 진초록 바탕에 파란 체크 무늬가 있는 남방을 하나 산다. 아름이는 벼르고 벼르던 청바지를 산다. 가끔 나오는 동대문이지만 이곳이 왜 패션 일 번지인지 알 수 있을 것 같다. 다들 옷을 고르고 돈을 주고받느라 정신이 없어 보인다. 그 와중에도 우리는 패션 감각을 한 아름 안고 가려고 이곳저곳을 기웃거린다.

집에 가려고 버스를 기다리고 있다.

'어, 이게 뭐지?'

분명 남방은 만 칠천 원이라고 해서 이만 원을 냈는데 주머니에는 칠천 원이 남아 있다. 나도 점원 언니도 삼천 원과 칠천 원을 착각한 것 같다.

"하리야, 왜 그래?"

돈을 내려다보는 날 보고 아름이가 묻는다.

"어, 언니가 착각을 했나 봐. 돈이 남아."

"정말? 너 정말 운 좋다. 그냥 많이 깎아 준 셈 쳐. 빨리 가자. 배고프다."

"그래도 돌려줘야 하지 않을까?"

"너 미쳤어? 그냥 그 돈으로 떡볶이나 쏴!"

내가 머뭇거리는 사이 우리가 타야 할 버스가 오자 아름이가 팔을 잡아끈다. 아름이와 내가 탄 버스는 신나게 달린다. 버스 전용 차선만을 달리는 버스는 막힘없이 쌩쌩 달린다. 그런데 이상하게 내 마음에는 뭔가 막혀 있는 것 같다. 분명 배가 고팠는데 소화가 안 되는 것처럼 속이 더부룩하다. 자꾸만 아까 매장 안에서 늦은 점심을 허겁지겁 먹던 언니가 떠오른다. 그 언니는 아무것도 모르고 지금도 사람들에게 옷을 골라 주고 있을 거다. 또 내가 더 받은 돈이 그 언니에게 그리 큰 문제가 되진 않을 거다. 하지만 문제는 내 마음이다. 내가 예주한테 문제는 해결하지 않으면 언제까지나 문제로 남는다고 했던 말이 떠오른다.

"아름아, 미안. 아무래도 안 되겠어."

"왜? 뭔데?"

"돌려줘야 할 것 같아. 내일 학교에서 보자."

버스에서 후다닥 내려 건너편 차를 타려고 횡단보도를 건너간다.

동대문에서 혼자 버스를 타고 와서 내가 내린 곳은 성은교회다. 집에 가려면 두 정거장을 더 가야 하지만 방송에서 '성은교회'라는 말이 나오자 나도 모르게 내리게 됐다. 교회는 그대로다. 하지만 너무 낯설다. 익숙했던 장소도 그곳을 떠나 한참 만에 찾으면 이렇게 멀게 느껴지나 보다.

늦은 오후, 사람들은 하나둘 교회로 들어가고 있다. 그날처럼 나도 교회 안으로 들어간다. 예전엔 낙서가 잔뜩 있던 화장실 벽이 이젠 깨끗하게 다시 칠해져 있고 예배당에는 사람들이 있는지 소리가 들려온다. 화장실에도 들어가 본다. 세 번째 칸 문이 유독 눈에 들어오는 이유는 이 안에서 내가 했던 행동 때문일 거다. 화장실을 나와 복도를 지날 때 나는 사람들에게 방해될 것 같아 발소리를 죽이고 입구를 향해 걸어간다. 밖엔 어둠이 깔렸는지 창문으로 푸르스름한 빛이 들어온다. 문을 민다. 상쾌한 바람과 함께 문이 아주 가볍게 열린다는 걸 느낀다.

"저기요!"

"네?"

나를 부르는 것 같아 돌아본다.

아이가 비닐봉지를 내민다. 그건 내 옷이 들어 있는 봉투다. 내가 좀 전에 손을 씻고 나오다가 잊은 것 같다.

"고맙습니다."

아이는 멋쩍은 듯이 고개를 숙이고 예배당 안으로 들어가는데 난 그 아이가 들어갈 때까지 지켜본다. 약간 부끄러워하는 모습이 싱그러운 바람에 살랑거리는 진초록 나뭇잎을 보는 것 같아 기분이 좋다.

범의귀가 피어 있는 곳까지 걸어가며 생각한다. 어른들은 우리 중학생을 보고 덜 자란 것 같아 불안해 보인다는 말을 많이 한다. 어쩌면 맞는 말인지도 모른다. 아직 우리가 다 자란 것은 아니니까 말이다. 이전에 난 꽃잎이 두 개인 범의귀가 불안해 보인다고 생각했다. 하지만 이제 꽃의 꽃잎 크기가 모두 같아야 한다는 생각은 하지 않는다. 범의귀 자체로서는 아무 문제가 없는 것이다. 그것을 바라보는 사람들이 문제를 만드는 것이다. 우리를 불안하게만 바라보는 어른들의 시선처럼.

화단에 꽃은 보이지 않는다. 하지만 난 그 앞에 쪼그리고 앉는다. 꽃은 없지만 그 자리를 누구에게도 내줄 수 없다는 듯이 범의귀 잎이 바닥에 가득 깔려 있다. 잎을 만져 본다. 동그랗고 귀여운 잎 뒷면이 추위에 떠는 아기의 귓불과 같이 붉은빛을 띠고 있다. 이제서야 난 '범의귀'라는 이름이 꽃이 아니라 잎을 두고 붙여진 거라는 걸 안다.

얼마 전 잎은 사람들의 관심을 모두 꽃에게 내주고도 그대로 피어 있었다. 지금은 꽃이 다 떨어져 사람들 관심이 사라졌는데도 잎은 이렇게 바위틈에 웅크리고 있다. 잎이 이렇게 있는 한 내년에 다시 이 자리에 꽃이 피어날 것이다. 진실은 변하지 않는다. 항상 귀를 기울이며 기다리고 있다. 누군가가 자신에게 말을 걸어 줄 때까지.

앞으로 살면서 더 많은 비밀을 만들어 갈 것이다. 우린 살아온 날보다 살아갈 날이 더 많으니까. 그땐 지금과는 다른 차원의 비밀을 만들지도 모른다. 그래서 지금의 비밀들이 아무것도 아닌 것처럼 느껴질지도 모르는 일이다. 또 그 비밀을 간직하기 위해 얼마나 많은 거짓말을 해야 하는지도 모른다.

하지만 이것만은 안다. 다른 사람의 마음에도 기울일 줄 아는 마음의 귀를 열고 있어야 한다는 걸. 또 누가 봐 주지 않아도 언제나 자기의 자리를 굳건히 지켜 나가는 범의귀처럼 내 자리를 지켜야 한다는 걸. 중학생의 자리, 딸의 자리, 나의 자리를 말이다.

지금보다 더 자랐을 땐 어떤 비밀들을 만들며 살아가고 있을까?

# 자기만의 출구를 찾고자 몸부림치는 그들의 곁에서

살면서 우리는 아무리 애를 써도 해결할 수 없을 것 같은 문제를 만날 때가 있다. 그게 나의 문제라면 누구든 머리를 싸매고 어떻게든 문제를 풀기 위해서 전전긍긍할 것이다. 그런데 그게 남의 문제라면?

음식점에서 물건을 훔치고 발뺌하는 아줌마를 만났던 적이 있다. 그 아줌마한테 딸이 있다는 말도 들었다. 이 사실을 딸이 알게 되면 어떤 일이 벌어질까 생각해 보았다. 그러자 아주 오래 전 서점에서 아르바이트를 할 때 만났던 도벽이 있는 여자아이가 떠올랐다. 이 둘을 만나게 해 주면서 내 글은 시작됐다.

책을 읽을 때는 물론이고 영화나 드라마를 볼 때 간혹 이런 생각이 든다. 이렇게 가다 보면 결말을 어떻게 내려고 하는 거지? 그러면서 깨닫는다. 아무리 어려운 문제라도 해결해 나갈 수 있는 능력이 바로 작가의 몫이라는 걸. 그런데 이 책에서만은 작가보다 주인공과 독자가 그 몫을 해 주기를 바란다. 한 장한 장 책을 읽어 가면서 주인공이 힘들 때 함께 아파하고 함께 안타까워하다 보면 독자는 훌쩍 자란 주인공과 만날 수 있을 것이다.

주인공을 열네 살로 설정한 것은 이제 갓 중학생이 된 아이들의 생활과 고민을 담아내고 싶었기 때문이다. 아무렇지 않게 지내던 가족과 학교가 갑자기 자신을 옥죄어 온다. 풀리지 않는 문제를 안겨 주기도 한다. 그때가 시작이다. 어린이라는 껍데기를 깨고 맞서야만 하는 열네 살.

그래서 그들이 가지고 있는 비밀과 거짓말이 무엇일지 엿보려는 노력을 많이 했다. 하지만 글을 쓰면서 그들의 삶에 뛰어들어가기란 쉽지 않다는 걸 다시금 깨달았다. 그들에게 다가가기 위해서는 그들을 있는 그대로 바라보아야 한다. 어떠한 편견도 삐딱함도 있어서는 안 된다. 줄 세우기 교육 앞에서 친구도 사귀지 못하고 자연도 벗하지 못한다는 우리 청소년들은 지금도 자기만의 출구를 찾고자 몸부림치고 있다. 하리가 굴속이라고 느끼는 곳에서 어떻게든 나오고 싶어하는 것처럼.

이 책이 그들에게 조금이나마 도움이 되었으면 좋겠다. 현실이 뜻대로 이루어지지 않아 힘겨워하는 그들에게 그들의 삶에 들어가 내면을 이야기하고 자기가 놓인 상황을 알아가며 더 큰

세상으로 나아갈 수 있는 힘을 실어 주었으면 하는 바람이다.

청소년소설을 쓰는 작가들은 청소년 독자를 겨냥하고 글을 쓴다. 그건 당연한 일이다. 하지만 지금 청소년들은 청소년소설을 잘 읽지 않는다. 그들을 위한 글이 그들의 삶과 맞닿아 있지 않기 때문이라는 것을 안다. 그래서 난 앞으로도 청소년소설을 많이 쓰고 싶다. 그들이 읽게 되는 날까지, 그들을 점점 알아가면서.

스무 살 때 난 서른이 되면 글을 쓰겠다고 다짐했다. 서른이 될 때까지 많은 걸 채워야겠다고 생각했다. 그래서 너무 많이 채워 흘러넘칠 때 글을 쓰겠다고 생각했다. 지금이 그때인가 생각해 본다. 서른이 훨씬 지났지만……. 아직도 나에게는 채워야 할 부분이 많이 남아 있다. 그래서 행복하다.

끝으로 이 책이 나올 수 있게 힘써 주신 이금이 선생님과 푸른책들에 감사드린다. 늘 나에게 힘을 실어 주는 글 친구들과 가족들, 그 사람에게도 고맙다는 말을 전하고 싶다.

2010년 1월

김진영

네버엔딩스토리 10

# 열네 살, 비밀과 거짓말

초판 1쇄 2010년 2월 25일 | 초판 4쇄 2015년 5월 30일
**지은이** 김진영 | **펴낸이** 신형건 | **펴낸곳** (주)푸른책들
**등록** 제321-2008-00155호
**주소** 서울 서초구 양재천로7길 16 푸르니빌딩 (우)137-891
**전화** 02-581-0334~5 | **팩스** 02-582-0648
**홈페이지** www.prooni.com | **이메일** prooni@prooni.com
**카페** cafe.naver.com/prbm | **블로그** blog.naver.com/proonibook



ISBN 978-89-5798-211-2 44810
ISBN 978-89-5798-194-8 74800(세트)



이 도서의 국립중앙도서관 출판시도서목록(CIP)은 e-CIP홈페이지(http://www.nl.go.kr/ecip)와
국가자료공동목록시스템(http://www.nl.go.kr/kolisnet)에서 이용하실 수 있습니다.
(CIP제어번호: CIP2010000064)

표지 및 본문 그림 | 안예리

네버엔딩스토리는 (주)푸른책들의 문고본 전문 임프린트입니다.